河出文庫

漱石入門

石原千秋

河出書房新社

漱石入門　目次

はじめに　9

序章　漱石の方法
1　小説とは何か　19
2　小説とプロット　28
3　小説と〈声〉　36
4　小説と〈読者〉　41

第一部　「家」から考える

第一章　不安定な次男坊
1　〈家〉と次男坊　55
2　次男坊の悲哀　67
3　次男坊の犯し　78

第二章　長男であることの悲劇
1　制度としての長男　85
2　家督相続から始まる物語　90
3　趣味としての長男　97
4　気質としての長男　107
第三章　なぜ主婦ばかり書いたのか
1　主婦の歴史性　111
2　主婦のアイデンティティー　124
3　主婦と愛情　134
第二部　「関係」から考える
第四章　自我と性的な他者
1　自我という問い　147

2 自我という病 154
3 他者の発見 167

第五章 神経衰弱の男たち
1 性差のある病 175
2 隠喩としての病 184
3 セクシュアリティーの病 191
4 アイデンティティーとしての病 194

第六章 セクシュアリティーが変容した時代
1 変容するセクシュアリティー 207
2 ジェンダー化する男たち 212
3 断片化する女たち 225

終章　若者たちの東京

1　山の手の文学　237
2　上京する青年　251
3　新しい女たち　261

注　277
文庫版あとがき　297

はじめに

ソクテンキョシ？

ふだん淡々としたやや退屈な授業振りで通っていた国語の先生が憤っていた。その年の大学入試に「ソクテンキョシ」という言葉を答えさせる問題が出たと言うのだ。高校三年生の授業だから、大学入試と聞けば多少の緊迫感は教室に走る。先生は黒板に「則天去私」と書いた。そんな言葉は知らなかった。

説明を聞くと、夏目漱石が晩年にたどりついた境地だと言う。「たしかに漱石の文学にとっては大切な言葉かもしれないが、受験生が是非知らなければならない言葉ではない」。これが、先生の言い分であった。そんなことまで勉強しなければいけないのだろうかと、漠然とした不安を感じたのをよく覚えている。もう四十年以上も昔の、ある晴れた日の出来事である。

その先生は、亀井勝一郎に会いに行った体験を、「亀井勝一郎には嘘がある」という言葉で語ったこともある人だから、なぜ「則天去私」に憤ったのかがいまは少しはわかる気がする。亀井勝一郎の文章は、その頃、小林秀雄とともに大学入試国語の定番だったが、亀井勝一郎自身は、左翼活動から転向して日本浪曼派を起こした文芸評論家だったからである。

考えてみれば、「天に則って、私を去る」という言葉は、小林秀雄の説く「無私の精神」や亀井勝一郎の宗教観とも通じるものがあるかもしれない。「則天去私」という言葉は、やはりその頃よく読まれていた文芸評論家の平野謙なら「どこかの禅坊主でもいいそうな言葉にすぎない」と切って捨てただろう(『芸術と実生活』新潮文庫、一九六四・四)。近代的自我の確立をめざし、戦後民主主義を先導した雑誌の一つ『近代文学』の同人には、そう見えたのだ。

しかし、この言葉は漱石研究を長く呪縛し続けた。いや、いまでも多くの人々の漱石は依然として「則天去私」の圏内にあるのかもしれない。

「則天去私」は漱石神話のキーワードである。その漱石神話を作り上げたのが、漱石の弟子たち、なかんずく小宮豊隆であることはよく知られている。小宮によれば、修善寺の大患以後、漱石は変わった。

修善寺の大患とは、胃潰瘍を病んで伊豆の修善寺に転地療養に行った漱石が、かえってこれを悪化させて人事不省に陥った明治四十三年の出来事である。漱石はこの出来事を契機に、人々への感謝の気持ちを強く持つようになり、それが晩年の「則天去私」につながったと言うのだ。なるほど、漱石は人格形成のための人生を歩んだことになる。

晩年の漱石が、山鳥を送ってくれた人に（食用のためである）、「勿体ない事です」と礼状に書いたことに触れて、小宮はこんな風に言っている。

　是は漱石に、人の親切に対して感謝する念と、人が自分に是程親切を尽してくれるのに、自分はとかく相手のことを思ひ出すことがない、それは人の親切に対して寔に申訳もないことであるといふ自責の念とが、更に深まつてゐたことを證明する。さうしてこのことは漱石の、当時の、私を滅する修業の深さと、密接に関聯する。即ち漱石は、是ほど人生に対して、寡慾になつてゐたのである。

（傍点原文、『夏目漱石』岩波書店、一九五三・一〇）

漱石神話のサワリの一節だ。様々な事柄がみな一様に「則天去私」というコードで意味づけられてゆく。それが神話の力学である。こういう漱石像は、当然のことながらテクストの解釈を規定する。この文章よりははるか以前のことだが、小宮は、絶筆になった『明暗』のモチーフについてこう説明していた。

　漱石が、それに仕へる事を無上の歡びとした、より高きイデーとは何であるか。――それは言ふまでもなく、漱石の所謂「則天去私」の世界である。天に則つて私、を去る世界である。換言すれば、漱石が、人間の心の奥深く巣喰つてゐるエゴイスムスを摘出して、人人に反省の機会を与へ、それによつて自然な、自由な、朗らかな、道理のみが支配する世界へ、人人を連れ込まうとする事である。

（傍点原文、『漱石の芸術』岩波書店、一九三一・一二）

あまりに道徳臭いと思われるに違いない。たしかにその通りである。だが、それがもしこんな言葉で語られていたらどうだろうか。

終りに自分は漱石氏は何時までも今のまゝに、社会に対して絶望的な考を持つてゐられるか、或は社会と人間の自然性の間にある調和を見出されるかを見たいと思ふ。自分は後者になられるだらうと思つてゐる。さうしてその時は自然を社会に調和させやうとされず、社会を自然に調和させやうとされるだらうと思ふ。さうしてその時漱石氏は真の国民の教育者となられると思ふ。（『白樺』明治四十三年四月）

武者小路実篤の『「それから」に就て』。『白樺』創刊号の巻頭を飾った、『それから』のいち早い同時代評の一つである。小宮の言い方はあまりにお説教臭いが、この文章の「自然に帰ろう」というメッセージなら、いまどこでも聞かれる言葉ではないだろうか。これは、現在の近代文学研究の感性そのもの、もっと言えば、近代批判の水準そのものだと言っていい。漱石は、いままさに武者小路の予言通りの役割を果たしている。

なにも季節はずれの「則天去私」批判をやろうというのではない。そもそも「則天去私」をいま持ち出す研究者などどこにもいはしない。しかし、武者小路のような言い方で漱石を語る言葉なら、どこにでもあると言っていい。特に学校の「国語」の中に。そして、「国語」の漱石が、日本人の漱石観の源なのである。

「国語」的漱石像を強化するエピソードなら事欠かない。建築家になろうか文学者になろうか進路に迷った漱石、「失恋」のために都落ちした漱石、正岡子規を兄貴分のように慕った漱石、英文学研究に悩んでロンドンでほとんど「発狂」した漱石、ついに「自己本位」の立場を手に入れた漱石、東京帝国大学講師の職を捨てて「新聞屋」になった漱石、文部省でくれるという博士号を辞退した漱石、これらが束になって国民作家漱石を演出している。

「国民作家漱石」はもういらない

「国語」で出会う漱石は、小説では『坊っちゃん』、『こゝろ』、評論（講演）では『私の個人主義』、『現代日本の開化』などである。

『坊っちゃん』は病んだ大人の社会と爽快な正義観との対立の構図を植え付けるし、『こゝろ』は自己の心をエゴという病として捉える自我観を教える。『私の個人主義』は「自己本位」の大切さを説き、『現代日本の開化』は近代日本を嫌悪する感性を育む。これらの「教材」からは、すべて「自然に帰ろう」あるいは「ほんとうの自分に帰ろう」というメッセージを読むことを強いられている。少なくとも、「国語」の漱石はそうなのだ。そこには、ある種の〈読みの共同体〉が形作られている。

漱石のテクストにまったく責任がないと考えるのは無邪気にすぎるだろう。あらゆる〈読み〉はテクストと読者とのかかわりによって作り出されるものだからである。だが、いま問われるべきなのは、こうした広い意味での漱石神話を形作っている〈読みの共同体〉のあり方のほうではないだろうか。

たとえば、高校生を元気づける『私の個人主義』は漱石のオリジナルな思考が語られているのだろうか。その地点から問い直してもいい。次に引くのは、そのサワリの一節である。

近頃自我とか自覚とか唱へていくら自分の勝手な真似をしても構はないといふ符徴に使ふやうですが、其中には甚だ怪しいのが沢山あります。彼等は自分の自我を飽迄尊重するやうな事を云ひながら、他人の自我に至つては毫も認めてゐないのです。苟しくも公平の眼を具し正義の観念を有つ以上は、自分の幸福のために自分の個性を発展して行くと同時に、其自由を他にも与へなければ済まん事だと私は信じて疑はないのです。我々は他が自己の幸福のために、己れの個性を勝手に発展するのを、相当の理由なくして妨害してはならないのであります。

（『輔仁会雑誌』大正四年三月）

ここは「国語」の教材としての勘所の一つで、「いくら自我を持てといっても、他人への配慮を欠いてはいけないのだ」と、高校生に教訓するところなのである。この一節の趣旨をまとめるとこうなるだろう。

結局私の信じ行つてゐる個人主義は、自我の発展充実につとめると同時に、自我をさまたげない範囲の他の人間の行動に対して圧迫関渉を与へないと云ふ意味なのである。

最終的には穏やかな結論に到達している、そう思われただろうか。しかし、実はこれは漱石の文章ではない。「新しい女」たちが集った雑誌『青鞜』の同人、岩野清の文章なのである（「個人主義と家庭」『青鞜』大正三年十月）。漱石とほぼ同じ結論を、漱石とほぼ同じ言葉で語っているのである。

こうした論調は、当時それほど珍しいものではない。「個人主義」は当時の流行語の一つだったし、「社会主義」という言葉も漱石の時代には禁じられてはいなかった。漱石は、危険思想を語ったのでもなければ、オリジナルな思想を語ったのでもなかった。それは、時代の言葉とでも言うべきものだ。

漱石を貶めたいのではない。こういうことを知っておくことは、「漱石」に自覚的にかかわるためには重要なことではないかと言いたいだけなのだ。「漱石」を歴史的なコンテクストに置き直すことで、漱石神話を、いや漱石神話の読者を問い直すこと、これがこの本でもくろんだことだ。

ただし、歴史的なコンテクストにおいて〈読む〉ことだけが研究という仕事の意義だとする立場があるとすれば、私はそれを迷うことなくリゴリズム＝厳格主義と呼ぶ。私がこの本で用いた方法は、同時代の〈読者〉の一人になりすまして、漱石文学と解釈ゲームを楽しむことだからである。歴史的なコンテクストはそのために選ばれた読みの枠組の一つにすぎない。研究という名のリゴリズムに陥らないために、そのことを確認しておきたい。

この本は入門書としては少し変わっているかもしれない。漱石文学の入口と出口という趣になっているからである。漱石文学をこれから読もうという読者には読むための前提が書いてある本であり、漱石文学を一通り読んだ読者にはその意味が書いてある本という位置づけになると思う。だから二度楽しめるかもしれない。序章は少し理屈が勝っているから第一章から読んでいただいてもいいような構成となっている。

なお、この本では漱石文学とその同時代資料については元号、私が論じるために用いた参考文献については西暦を使用している。これは、私の好みの現れとしてお許し願いたいと思う。特に断らない場合、傍点と傍線は私が設けたものである。

序章　漱石の方法

1　小説とは何か

小説は近代そのもの

この本では、漱石の小説全体を大きなテクストとして、たとえば「次男坊」「自我」「セクシュアリティー」といったテーマによって、歴史的なコンテクストとかかわらせながら横断的に論じようと思う。それは漱石の小説にとってどのような意味を持つ作業だろうか。

小説はどのような言説なのだろうか。そこから考えてみよう。

小説という言説の形態が、近代の刻印をはっきりと帯びていることは改めて言うまでもないだろう。それは印刷技術の産物であり、大衆の成立を前提としており、個人という思想の兄弟である。というよりも、小説というもどかしい言説形態のあり様は（現代ではなく）近代そのものだと言ってもいいくらいである。いま私たちは、こういうもどかしい言説形態を必要としなくなってきている。その意味で、小説ほど近代を象徴する言語資料はないかもしれない。だが、小説はどのような資料であり得るだろうか。

小説は〈はじめ〉と〈終わり〉という〈枠〉によって区切られた言説である。[1] 小説だけではなく、多くの芸術は〈枠〉を持つ。絵画の額縁、演劇の舞台、音楽のイントロとエンディングという具合である。〈枠〉によって、芸術は自らが現実からは相対的に自立した表現であることを表象している。[2] その〈枠〉に当たるものが小説では〈はじめ〉と〈終わり〉なのである。

文学という芸術が現実から自立するためには、〈はじめ〉と〈終わり〉という〈枠〉だけでは十分ではない。そこで、まず小説は〈語り手〉を抽象的な主体に仕立て上げた。[3] 表現を操作する主体を、表現それ自身に組み込んだのである。したがって、〈語り手〉は作者とは違う。〈語り手〉は実体を持たない表現主体である。次に、小説は〈読者〉の位置を表現に組み込んだ。これも現実の読者ではなく、実体を持たない主体である。[4] この二つの装置によって、小説は現実から相対的に自由になれるのである。

小説が現実から自立することの意味は大きい。小説内のすべての言葉はその小説のどの言葉ともかかわっていることになるからである。逆に、小説の言葉は、〈はじめ〉と〈終わり〉という限定された言語空間の内部でのみ意味を持つ。この立場に立てば、ある言葉を単独で取り出して、それだけを意味づけることは許されなくなるのだ。

しかし、現実には、小説が否定しているものが逆に読者の支持を集める例はいくらでもある。だから、この立場から浮かび上がってくるのは、小説の純粋性ではなく、小説の解釈ゲームとしての側面なのだ。小説は解釈ゲームを誘うように作られた言説なのである。

　したがって、小説をそのまま歴史の一次的な資料に使うことはできない。それは、小説がフィクションだからという理由だけではなくて、こうした解釈を強制する小説それ自身の戦略にもよっているのだ。

　もちろん、小説に対するこうした態度自体が歴史的なものであることはまちがいない。初期の小説は現実との区別が曖昧だったし、いまでは小説は他の言説とまったく同じ態度で扱うことが求められている。小説の言説と他の言説はフラットな関係にある＝同じ平面上にあるというわけだ。小説が開かれているという[5]、小説が様々な言説の中心にあることを前提とするような言い方さえ、もうしない。

　たしかに、小説を完結した言語空間と見る態度は、まちがいなく一つのイデオロギーである[6]。それどころか、小説に〈語り手〉や〈読者〉の位置が組み込まれていると考えることは、小説を単なる資料として扱うのとは別の意味で、小説を実体化することにもつながるだろう。しかし、近代の産物である小説に近代的な態度で接することはまちがいなのだろうか。

　ポストモダンの現代に生きる私たちは、もう小説の無邪気な読者でいることはできないが、〈語り手〉〈読者〉といった小説の戦略と自覚的にかかわりながら、小説を近代的な態度で読むことは許されていい。いや、そうすることでこそ小説の持つ歴史性を分析の俎上《そじょう》に載せることができるのだ。

『蒲団』で〈語り手〉について考える

具体例を挙げて考えてみよう。

ここで取り上げるのは、田山花袋の『蒲団』（明治四十年九月）である。小説家としては自立できないのでやむなく出版社に勤める中年男が、女弟子との「恋」に悩む、あの小説である。『蒲団』と言えば、日本の近代文学の方向を私《わたくし》小説の方向にねじ曲げた小説として、文学史では長く評判が悪かった。それがこのところ再評価されつつある。

実は、日本の自然主義文学は評論の方が先行していて、優れた小説を持っていなかった。『蒲団』が登場したのはそんな時期だったのである。しかも、『蒲団』にはこの時代のまだ不安定な文学者の自画像がしっかり書き込まれているのだ。その意味でも一級の資料になり得るだろう。そのうえ、セクシュアリティーの観点から、最近特に言及されることが多いのである。

「作者」が「自分」の「性慾」を「露骨」なまでに「告白」するこの小説は、自然主義文学を性慾満足主義に読み換えるほどのインパクトを、同時代的に持った(7)。性体験ではなく、「性慾」こそが告白に値する真理であるというパラダイムの成立(8)、すなわち近代セクシュアリティーの成立である。ただし、「性慾」を持つのは男だけだとされた。それは、「恋」において男が主体になる体制の確立でもあった。『蒲団』登場の意味は、ただ小説がセクシュアリティーを自己のテーマとして発見したということにとどまらない。まさに社会的な事件だったのである。

それは確かなことである。だからこそ、『蒲団』は長い間竹中時雄という主人公の中年の「性欲」が問題にされ続け、「竹中時雄の恥ずかしい失恋の物語」として読まれ続けたのである。

そうしたなか、渡邉正彦の「田山花袋「蒲団」と「女学生堕落物語」」[9]が、竹中時雄の女弟子、横山芳子をクローズアップした。芳子は明治四十年前後に盛んに話題になっていた「堕落女学生」という枠組によって読まれるべきだと言うのである。当時、「堕落女学生」とは、性交渉を持ち、時には妊娠した女学生を意味していた。この問題提起からは、「女学生」にまつわる当時の様々な言説と、『蒲団』という小説との交渉の可能性が開けて来る。『蒲団』は、単なる「告白」小説ではなくなるのである。

現在『蒲団』研究で最も高い水準を示しているのは、おそらくこの渡邉論文を意識して書かれた藤森清「「蒲団」における二つの告白◆誘惑としての告白行為」[10]である。藤森は、それまでまったく無前提に田山花袋の「告白」と考えられていた『蒲団』の「告白行為」は、実は横山芳子の「告白行為」を『蒲団』という小説が模倣したのだと論じた。

これは、もちろん事実の問題ではない。事実からすればそんなことはあり得ない。藤森が言おうとしているのは、田山花袋が横山芳子の誘惑の身ぶりを半ば無自覚に小説に書き込むことで、この小説までもが「告白」という枠組で読まれることになったと言うことだ。つまり、本当の誘惑者は横山芳子だと言うのである。

藤森が用いた〈読み〉の枠組は、フェミニズム批評である。竹中時雄と横山芳子との「恋」において、本当の主体は誰かという問題提起だと言える。藤森は、芳子を誘惑者に仕立て上げることによって、女を「恋」の主体にしたかったのだ。

たしかに『蒲団』はそう読める。だとすると、これまでの多くの『蒲団』への言及は根拠を失うことになる。竹中時雄の「性慾」は、「恋」における彼の主体を保証しないことになるからだ。『蒲団』が近代の男性中心のセクシュアリティーの確立を促したとするこれまでの『蒲団』理解が、すべてご破算になってしまうことになる。『蒲団』は、中心の位置を男から女へ換えただけで、まったく違う小説になってしまうのだ。小説は、常に解釈ゲームに晒《さら》され続ける。そして、そのことで読者の政治性が露わになる。『蒲団』を田山花袋の「告白」や竹中時雄の「失恋」とするふつうで自然な読み方は、男性中心主義に支えられていたのだ。「自然な読み」や「ふつうの読み」もまた、見えない政治の産物である。藤森の〈読み〉は、そのことを炙《あぶ》り出す。

小説の中にいる〈読者〉

しかし、藤森の読みもまたオールマイティーではない。『蒲団』には、こういう細部も書き込まれているからである。


玄関から丈《せい》の高い庇髪《ひさしがみ》の美しい姿がすつと入つて来たが、

『あら、まア、先生！』

と声を立てた。其声には驚愕《おどろき》と当惑の調子が充分に籠つて居た。

『大変遅くなつて……』と言つて、座敷と居間との間の閾《しきゐ》の処に来て、半座つて、ちらりと電光のやうに時雄の顔色《かほつき》を窺つたが、すぐ紫の袱包《ふくさ》に何か包んだものを出して、黙つて姉の方に押遣つた。

『何ですか……御土産？　いつも御気の毒ね』

『いゝえ、私も召上るんですもの』

と芳子は快活に言つた。そして次の間に行かうとしたのを、無理に洋燈《ランプ》の明るい眩しい居間の一隅《かたすみ》に座らせた。美しい姿、当世流の庇髪、派手なネルにオリイブ色の夏帯を形よく緊《し》めて、少し斜《はす》に座つた艶《はで》やかさ。時雄は其姿と相対して、一種状すべからざる満足を胸に感じ、今迄の煩悶と苦痛とを半忘れて了つた。有力な敵があつても、其恋人をだに占領すれば、それで心の安まるのは恋するもの、常態である。


竹中時雄が、姉の所に預けた芳子の遅い帰りを待つ場面である。〈語り手〉は、時雄に寄り添ってこの場面を語っている。たとえば、傍線を施した「入って来た」「来て」「姉」（時雄との関係）「行かう」などの語り方にそれがよく現れている。

しかし、最後の二つの文は違う。「忘れて了つた」ことを時雄自身が意識することはできないし、最後の一文は、時雄の外の視点からなされた時雄についての説明だからである。この一文の説明は、時雄の意識の外にある。〈語り手〉だけが持っている情報を提示しているからだ。そして、〈読者〉にはそれらのすべてがわかるのである。この一節には〈読者〉の位置が用意されている。(11)

したがって、この場面を「時雄は安心した」と要約することはまちがいではない。しかし、「時雄は心の安まるのを自覚した」とか「時雄は自分が恋するものだと悟った」などと要約することはまちがっている。これは、〈読者〉の位置を時雄の内面に反映させてしまったものだからだ。フェミニズム批評を持ち出すまでもなく、時雄は〈語り手〉によって十分に相対化されているのである。

解釈ゲームを楽しむ

ここで注目しておきたいのは、「ちらりと電光のやうに時雄の顔色を窺つた」という一節である。このすぐあとにも、「芳子は時雄の顔色をまたちらりと見た」という一節が書き込まれている。芳子に後ろめたいところがある場面なのだから、「保護者」である時雄の「顔色」をのぞき込むのは当然と言えば当然の仕草である。大切なことは、この仕草が時雄には見えていないだろうということである。この仕草も〈読者〉にしかわからないのだ。

ここで可能性として指摘しておきたいのは、この時の芳子の誘惑が時雄の期待に応えるものだったかもしれないということなのだ。弟子入りを願い出る芳子のはじめの手紙での誘惑から、すでにそうだったのかもしれない。だとすると、「恋」の主体は時雄になる。しかも、それは時雄には意識されていない。その、意識されていないことをも含めて〈読者〉にはわかる。

考えてみれば、自立できない作家・竹中時雄の文学者としてのアイデンティティーを支えていたのは、自分には芳子という弟子がいるというその事実だけだったのではないだろうか。『蒲団』は、文学者のアイデンティティーをめぐる物語になるわけだ。しかし、それも時雄には意識されてはいない。〈読者〉の解釈の領域に属することだ。『蒲団』はそういう小説なのだ。芳子を「恋」の主体とする藤森の問題提起は、時雄自身は意識していない、時雄を文学者に仕立てあげる芳子の役割を解釈に入れていないのではないだろうか。『蒲団』は「竹中時雄が文学者でなくなる物語」となる……。

しかし、おそらくこれも最終的な解釈ではない。文学者のジェンダー化を組み込んだ新たな解釈が可能だからだ。「竹中時雄が真に男性作家となる物語」というように。繰り返すが、小説の前で、〈読者〉は無限の解釈ゲームを生きなければならないのだ。

実は、夏目漱石は、このような小説の特質について深く考えた小説家の一人だったのである。こうした小説の問題を、漱石自身の言葉を手がかりに考えてみよう。漱石の試みに、小説をめぐる歴史性が鮮やかに現れているからだ。

2 小説とプロット

(F+f)って何?

漱石の小説の方法を考えるためには、彼が留学中にまとめた膨大な量のノートをもとにした仕事が重要な手がかりになる。

帰国後の漱石は、後に『英文学形式論』(12)、『文学論』(13)、『文学評論』(14)としてまとめられた独創的な文学研究を東京帝国大学で講じた。ここで取り上げるのは『文学論』である。『英文学形式論』では、タイトルが示す通り、英文学を「内容と形式」にわけたうえで、「形式《フオーム》」の面からのみ論じた。その後に、『文学論』では「文学的内容」の考察を試みようとしたのである。『文学論』の冒頭の一節を引いておこう。

凡そ文学的内容の形式は(F+f)なることを要す。Fは焦点的印象又は観念を意味し、fはこれに付着する情緒を意味す。されば上述の公式は印象又は観念の二方面即ち認識的要素（F）と情緒的要素（f）との結合を示したるものと云ひ得べし。

『文学論』では、「認識的要素」であるFは差異の集合体として、[15]「情緒的要素」であるfは「趣味」（好み）のようなものとして考えられている。

この二つの要素が結合した「文学的内容」とは、「三角形の観念」のようにFだけの場合や、「何等の理由なくして感ずる恐怖」のようにfだけの場合ではなく、「Fに伴なうてfを生ずる場合、例へば花、星等の観念に於けるが如きもの」だと言っている。「花、星」のように、辞書的な意味と美とか永遠といった暗示的意味とが「結合」している場合だけを「文学的内容」だというのだ。漱石は、文学言語を多義的なものと考えているのである。

『文学論』は、Fとfの具体的な内容の検討と、それらの多様な「結合」のあり方から、範列《パラディグマティック》的に生成する文学言語の多義性を能うる限り類型化したものなのである。

ここで言う範列的[16]とは、『文学論』での「意識」の捉え方によっている。『文学論』では、「意識」は「連続」していて、その頂点にある一部分だけが意識化されるのだと考えられている。したがって、その頂点以外にも意識化されない「意識」があることになる。意識の頂点に意識化されない「意識」が連なることによって、隠喩《メタファー》や暗示的《コノテーション》意味が生み出され得るのである。メタファーもコノテーションも、「似ている」という性質によって、断片化された言葉の意味の輪郭がぼやけて、言葉と言葉がつながっていく、つまり「連続」していく。そこで、『文学論』ではメタファーとコノテーションとが中心的なテーマになったのだ。[17]

こういう認識が漱石の言語観によっていることは言うまでもないだろう。そして、ここで言う「意識」が〈読者〉のものであることを考えれば、『文学論』とはまちがいなく読者論なのである。漱石は『文学論』で心理学を援用しているが、それは〈読者〉の意識を論じるためだった。そこに『文学論』の画期的な意義がある。

漱石はFの焦点は絶えず「流れ」ていく「意識の波」の一点にすぎないことを確認したうえで、こう言っている。

此故に言語の能力（狭く云へば文章の力）は此無限の意識連鎖のうちを此所彼所と意識的に、或は無意識的に辿り歩きて吾人思想の伝導器となるにあり。即ち吾人の心の曲線の絶えざる流波をこれに相当する記号にて書き改むるにあらずして、此長き波の一部分を断片的に縫ひ拾ふものと云ふが適当なるべし。

この「断片」性こそが文学言語の「特質」だと言うのだ。「断片」をつなぎ合わせるのは〈読者〉の仕事である。逆に、「科学は"How"の疑問を解けども"Why"に応ずる能はず」ということになる。「“How”なる文字は時間を離る、能はず」とも言っている。「科学」的言説の「目的」が、事物の「時間」的連続を「叙述」することで「“How”の疑問」を「解く」ことにあるのに対して、「文学にありては其のあらゆる方面に“How”なる問題を提起するの必要あらざる」ものだと言うのである。科学には、継起する物事のすべてを時間的順序にしたがって説明する必要があるが、文学にはその必要がないと、漱石は考えていた。文学言語は時間的な「連続」を離れることができるというわけだ。科学は「どのように」という問いに答えるもので、文学は「なぜ」という問いに答えるものだと、漱石は考えていたからである。

ところが、文学言語は実際には「断片」として読まれるわけではない。たとえ辞書的な意味において「断片」化していたとしても、言葉と言葉とを暗示的意味《コノテーション》の多義性が繋《つな》いでゆくからである。たとえば、「薔薇は百合である」という文があったとしよう。この文は「科学」的な思考からはあり得ないことを語っている。薔薇がどのように百合になるかなどということは、「科学」には説明できないのだ。しかし、文学的には、たとえば「薔薇」の「情熱」が「百合」の「清純さ」を兼ね備えていることをこのように語っているのだと解釈することが可能だろう。この時、言葉はまちがいなくメタファーとして現象し、「断片」は連続に変容している。

「それからどうした?」はストーリー、「なぜか?」はプロット

ここで、ストーリーとプロットの問題を思い出しておいてもよい。この問題について考えるときには、フォスターの『小説とは何か』(18)を見ておかなければならない。フォスターはこう言っている。

プロットを定義しましょう。われわれはストーリーを、時間的順序に配列された諸事件の叙述であると定義してきました。プロットもまた諸事件の叙述でありますが、重点は因果関係におかれます。〈王が亡くなられ、それから王妃が亡くなられた〉といえばストーリーです。〈王が亡くなられ、それから王妃が悲しみのあまり亡くなられた〉といえばプロットです。時間的順序は保持されていますが、因果の感じがそれに影を投げかけています。あるいはまた、〈王妃が亡くなり、誰もまだその理由がわからなかったが、王の崩御を悲しむあまりだということがわかった〉となれば、これは謎をふくむプロットで、高度の発展を可能とする形式です。それは時間的順序を中断し、その諸制限の許しうるかぎり、ストーリーからはなれていいます。王妃の死を考えてください。ストーリーならば、〈それからどうした?〉といいます。プロットならば〈なぜか?〉とたずねます。これが小説のこの二つの様相の基本的なちがいです。

フォスターは、続けてこう言っている。「好奇心だけではわれわれは少ししか進めず、小説の奥深くへはいることもできません――せいぜいストーリーまでしかいけません。プロットを理解しようと思えば、知性と記憶力をも加えねばならないのです」と。

ストーリーを書いたテクストとプロットを書いたテクストが別々にあるわけではない。同じ一つのテクストが、〈読者〉の問いかけの違いによって二つの異なった様相を見せるのである。

ストーリーが「それからどうした?」という問いによって浮かび上がらせることができるのに対して、プロットは「なぜか?」という問いによって浮かび上がらせることができる。つまり、ストーリーはこれから先のこと、すなわち結果について問いかけ、プロットは過去のこと、すなわち原因について問いかけていることになる。ストーリーでは時間によって、プロットでは因果関係によって個々の要因がつなげられているのである。因果関係とは、ある説明の枠組によって個々の要因が事後的に関係づけられることである。ストーリーが時間的な進展だとしたら、プロットは質的な飛躍なのだ。

この飛躍が物語上の展開として認識されるためには、その因果関係を「自然」と見なすパラダイムがなければならない。このパラダイムは、文化によっても、時代によっても異なる。

先のフォスターの挙げた例について言えば、王が死に、その「悲しみのあまり」王妃が死んだことを「自然」な展開だと認識するためには、たとえば「家族愛」や「夫婦愛」といったパラダイムが必要なのである。しかも、女は男に従うべきだという性の政治学を隠したパラダイムが。このような形の「家族愛」が近代という時代の産物であることは、最近の社会学や歴史学の説くところである。[19]
「漢学に所謂文学と英語に所謂文学とは到底同定義の下に一括し得べからざる異種類のものたらざる可からず」（『文学論』の「序」）。こう記す漱石は、解釈の前提となるパラダイムとプロットとの関係をよく認識していた。『文学論』で「集合的Ｆ」と呼ばれるものこそがパラダイムなのである。漱石は、「集合的Ｆ」を、刻々と変化する意識（一刻の意識に於けるＦ）、個人の好みの変遷（個人的一世の一時期に於けるＦ）、そして時代のパラダイム（社会進化の一時期に於けるＦ）に分類して説明している。次に引用するのは「社会進化の一時期に於けるＦ」の説明である。

一世一代のＦは通語の所謂時代思潮（Zeitgeist）と称するものにして更に東洋風の語を以てせば勢これなり。古来勢は何ぞやと問へば曰く天なりと答へ命なりと呼ぶ。蓋しＸを以てＹを解くと類を同じくするものなりと雖も此一語は余が述ぶるところの広義のＦをよく表言して遺憾なし。凡そ古今の歴史とはかゝる時代的Ｆの不断の変遷をたどるものに過ぎず。
近く例を我邦にとりて言へば攘夷、佐幕、勤王の三観念は四十余年前維新のＦにして即ち当代意識の焦点なりしなり。されば仮に沙翁を凌ぐ名人其世にありとするも時代のFは到底之を容る、余裕あらざりしなるべく（中略）時の意識これを許さざればなり。

たとえシェイクスピアを凌ぐ劇作家が出ようとも、それが明治維新の時代ならば受け容れられなかっただろうとも、漱石は言っている。少なくとも『文学論』の漱石は、普遍性という言葉からは限りなく遠いところにいたのだ。

逆に言えば、パラダイムを中心的な概念とする「集合的F」とそれに伴った〈読者〉の意識の中で、「断片」は連続に変容する。メタファーやコノテーションが言葉と言葉とをつなぐのは、こういう大前提の下においてである。「文学者の解剖は解剖を方便として綜合を目的とす」とも、漱石は言っている。このようにして、文学は「解剖」から「綜合」へと飛躍することができるのである。

しかしそのためには、言語の範列的な多義性を統辞的に統合する力と葛藤させる装置を作り出す必要があった。そうでなければ、漱石は小説を書くことができなかったのだ。

3 小説と〈声〉

声と文字は異なった力を持っている

言語の多義性を統合する装置とは〈声〉だ。「声の文化」の側から「文字の文化」についてオングは、次のように言っている[20]。

よい叙事詩の詩人がつくられるのは、〔まず〕クライマックスに向かってすすむひとすじのプロットをかれが自分のものにし、〔しかるのち〕聞き手をただちに「ことがらの核心に」つれこむ、と言われるようなある洗練されたわざによって、そのプロットを解体=構築するからではなかった。よい叙事詩の詩人がつくられる条件は、もちろんいくつかあったが、そのなかでも第一のものは、挿話をつみかさねていくという構造だけが、長い物語を思いうかべてそれをあやつる唯一のしかたであり、まったく自然なやりかたでもある、ということをだまって受け入れることだった。（中略）クライマックスに向かってすすむひとすじのプロットのようなものを、そもそもプロットのパラダイム〔典型〕と見なすなら、叙事詩にはどのようなプロットもない。厳密な意味でのプロットが、長い物語のなかに現れるのは、書くことがおこなわれるようになってからである。（傍点筆者）

ここでは、先に挙げたフォスターの言うようなプロットの捉え方それ自体の歴史性が問われている。オングは、「書くこと」の発明がわれわれの文化にどれほどの変容をもたらしたかを論じて、プロットは「書くこと」が発明した物語の作り方だと言うのである。これは、小説というジャンルの性格をよく言い当てている。

だが、ここで重要なのは、その逆の問題である。〈声〉をもって話すなら、「挿話をつみかさねていくという構造」だけの話でも物語として受け入れられるということである。物語にとって、〈声〉ほど強力な統辞機能を果たす装置はないのだ。

「話すこと」と「書くこと」との葛藤こそは、小説家漱石の生涯の方法上のテーマの一つだった。漱石がこのテーマを手にしたのは、たぶんイギリス留学中のある体験からである。


明治三十四年二月九日付のロンドンから四人の友人に宛てた近況報告の手紙で、漱石夏目金之助は意識的にある文体を採用していた。[21]

勇猛心を鼓舞して今土曜の朝を抛つて久し振りに近況を御報知する事にした尤も諸君へ別々に差上るのが礼ではあるが長い手紙を一々かくのは頗る困難であるから

失礼ではあるが一纏めの連名で御免蒙る事とした夫から例の候の奉るのは甚だ厄介
だから少し気取つて言文一致の会話体に致した右不悪御了承を願ふ

この手紙には、「言文一致の会話体」という名の通り「〜よ」「〜ね」「〜さ」といった文末語が何度か使われていた。これは、漱石の言文一致体がまだ未完成だったという以上の意味を持っている。いわば書き言葉による応答の身ぶり、いや、まさに書かれた〈声〉であった[22]。

この〈声〉によって漱石が乗り越えようとしていたのは、受信者との遠く隔たった距離だけではない。報告すべきことが一つのまとまりを持たない「話」であること、そして宛先の複数性である。これは、ほとんど小説のレッスンだった。実際、この留学中に漱石が正岡子規と高浜虚子に宛てて書いた文章は、そのまま「倫敦《ロンドン》消息」として虚子の主宰する雑誌『ホトトギス』に掲載されたのである。

漱石は、言葉が紙の上の文字にすぎないことを徹底的に突き詰めさせられる体験によって、紙の上の文字に〈声〉を組み込むことのできる文体を、彼なりのやり方で発明したのである。漱石の方法とは、いかにして〈声〉を〈文字〉に置き換えるかという点に中心的な課題があったとさえ言えよう。これは、漱石の個人的な体験から得られた課題である。しかし、同時に、「声の文化」から「文字の文化」への転換期だった明治という時代の刻印をもはっきりと帯びている[23]。

それでもプロットはある

『吾輩は猫である』（明治三十八年～明治三十九年）が、まさに山会《やまかい》[24]という文章の朗読批評会で〈声〉に出して読まれることを前提に成立したことは重要な意味を持っている[25]。そこには、〈声〉と〈文字〉との幸福な出会いがあった。

　改めて確認するまでもないが、「猫」は文字を持たない。〈読者〉は、建前上はその〈声〉を「猫」の〈声〉として聞くことになる。その〈声〉が、取り立ててまとまった筋のない「挿話」の連なりでしかないこの物語を、一つの作品として統合する機能を果たすのだ。その意味で、『吾輩は猫である』はより多く「声の文化」の圏内にある。〈声〉による話の統合は、私たちもよく経験することだ。実際に語ったことを文字に起こしてみると、印象がまったく違うことがある。耳で聞いた時には話に道筋がきちんとついているように感じたのに、目でそれを追うとバラバラに思える、そんな体験である。語る、そしてそれを聞く時間の経過が、あたかも話の内容に因果関係があったかのような錯覚を与えるのである。先に述べたように、因果関係とは物事の時間的順序を現在から過去に逆に辿ること、つまりプロットのことである。プロットがあったかのように錯覚してしまうということだ。

　オングの考え方にしたがえば、文字のなかった時代には、錯覚しようにもプロット自体がなかった。プロットは「書くこと」によって「発明」されたものだからである。だから文字の時代には、話されたことを書かれたことのように聞くことによって、そのような錯覚が起きやすいのに違いない。

そのうえに、聞く側にも近代特有のパラダイムが作用する。近代的な知の枠組みの中では、語る主体、聞く主体のアイデンティティー（統一的な自己）が、まとまりのない話を作品として感じさせる役割を果たすからである。

一見バラバラな挿話の集まりも、それを語っている主体のアイデンティティーにとってはある意味の遠近法（つまりは因果関係）の中にあるのだろうと聞き手は感じるし、また聞き手はバラバラな話を解釈によって一つのまとまり（つまりはプロット）として意味づけることで、自己のアイデンティティーを実感できるからだ。

それに何よりも、〈声〉とは他者に語りかけるものであった。したがって、〈文字〉の中の〈声〉とは、つまるところ語る人称の問題と〈読者〉の問題に行き着くことになるのである。

4　小説と〈読者〉

『虞美人草』で失敗した漱石

『吾輩は猫である』の「猫」は彼の報告を「写生文」だと言っているが、[26] 漱石は写生文の方法についてこんな風に考えていた。次に引用するのは、『文学論』の中でもテクストと〈読者〉との関係について論じた「間隔論」という章の一節である。

若し夫れ作家にして終始一貫して篇中人物を呼ぶに汝を以てする事を得るとせば、作家が変じて余となつて篇中にあらはる、の場合ならざるべからず。(中略) 俗に所謂写生文なるものは悉く此法を用ゐて文をやるに似たり。(中略) 彼等の描写する所は筋として纏まらざるもの多し。(中略) 其多くは散漫にして収束なき雑然たる光景なるを以て興味の中心たるは観察者即ち主人公ならざるべからず。他の小説にあつては観察をうくる事物人物が発展し収束し得るが故に読者は之を以て興味の中枢とするを得べきも、写生文にあつては描写せらる、ものに満足なる興味の段落なきが故にもし中心とも目し得べき説話者(即ち余)を失へば一篇の光景は忽ち支柱を失つて瓦解するに至るべし。此故に読者は只此余（作家として見たるにあらず、篇中の主人公として見たる）に従つて、之をたよりに迷路を行くに過ぎず。此大切なる余は読者に親しからざるべからず。故に余ならざるべからず。彼なるべからず。

漱石が言っていることは、先に引用したオングの考えと驚くほどよく似ている。「小説」にあっては、まとまった「筋」の「発展」と「収束」が「読者」の「興味」を引きつけるが（これはまさにオングがプロットと呼んでいるものである）、「写生文」にあっては、「説話者」である「余」が語ることによってのみ「筋として纏まらざる」ような話が話として支えられるのだ、と。一人称で語ることの意味を、漱石は知りつくしていたのである。

『吾輩は猫である』と並行して書き継がれ、のちに『漾虚集《ようきよしゅう》』（明治三十九年五月）としてまとめられた七編の短編小説にも著しい特徴がある。それは、『一夜』を除くすべての小説が、「余」の語りのスタイルになっていたり、はしがきのような形で「作者」の〈声〉が直接〈読者〉に語りかけていることである。たとえば、「此篇は事実らしく書き流してあるが、実の所過半想像的の文字であるから、見る人は其心で読まれん事を希望する」（『倫敦塔』）と言った具合である。この時期に書かれた『坊つちやん』（明治三十九年）、『草枕』（同）なども一人称の語りによっていて、作風は違っても方法上の根本的な違いはないと言える。

しかし、漱石はその後しばらくの間、〈声〉の実験から遠ざかる。朝日新聞社入社直後の『虞美人草《ぐびじんそう》』（明治四十年）を経て、前期三部作と呼ばれる『三四郎』（明治四十一年）、『それから』（明治四十二年）、『門』（明治四十三年）にいたるまで、むしろ〈声〉を殺した十九世紀的なリアリズム小説の書き方を採用している。漱石が再び〈声〉の実験を始めるのは、後期三部作と呼ばれる『彼岸過迄《ひがんすぎまで》』（明治四十五年）、『行人』（大正一年〜大正二年）、『こゝろ』（大正三年）においてである。ただし、この時期の〈声〉の実験の裏には二つの貴重な体験があった。

一つは、『虞美人草』における手痛い失敗である。漱石は、この小説を家の論理を背景とした勧善懲悪のテーマによって書ききるつもりだった。実際それを貫いた。そのテーマにしたがって「我の女」である藤尾を殺すのが、漱石の用意した物語の結末の付け方であった。方法的にも、〈作者〉が直接小説に介入し、小説の言葉を強引に意味づける手法を用いた。

ところが時代の読者は、漱石の意図に反して、藤尾という「新しい女」を支持したのだ。弟子の小宮豊隆さえ藤尾に惚れ込んでしまったらしい。あわてた漱石は小宮豊隆にこんな手紙を書いている。

　虞美人草は毎日かいてゐる。藤尾といふ女にそんな同情をもつてはいけない。あれは嫌な女だ。詩的であるが大人しくない。徳義心が欠乏した女である。あいつを仕舞に殺すのが一篇の主意である。うまく殺せなければ助けてやる。然し助かれば猶々藤尾なるものは駄目な人間になる。最後に哲学をつける。此哲学は一つのセオリーである。僕は此セオリーを説明する為めに全篇をかいてゐるのである。だから決してあんな女をいゝと思つちやいけない。

手紙の日付は明治四十年七月十九日、『虞美人草』連載のただ中である。漱石は、この小説の中に最新の風俗の一つとして博覧会を嫌悪をもって書き込んでいた。博覧会とは、科学技術によって「未来」を見せる仕掛けである。進化が「善」だった時代にあって、人々は博覧会に熱狂した。二十世紀はまちがいなく博覧会の世紀だったし、藤尾ほど博覧会の似合う女性もいなかったのである。博覧会は二十世紀の象徴だから嫌いだというように『虞美人草』に書いた漱石は、そのことに気づかなかった。

文化記号が作者の意図を裏切り、あるいは超えてしまうことを漱石は思い知らされたのだ。いや、この言い方はまだきれいごとにすぎるかもしれない。漱石は読者に裏切られたのだ。

「男」の死角は「女」の生きる場所

以後漱石は、はっきりした自我を持つ「新しい女」を書き込むときには、一つの仕掛けを用いることになる。『虞美人草』の失敗は、実は〈読者〉が自由に想像力を働かせることができる位置をテクストの中に用意しなかったことにある。だからこそ、現実の読者に小説を丸ごとひっくり返されてしまったのだ。そこで、その後の漱石は、意図的に主人公の男に死角をつくる方法を採用するようになった。

漱石の小説に登場する「新しい女」と言えば、『草枕』の那美が挙げられるが、この小説はまだ初期のものだし、一人称の「余」によって語られるのだから、死角ができて当然だった。だから、参考にはならない。

漱石がこのことに意識的になるのは『三四郎』以降である。これ以降の小説に登場する「新しい女」は、『三四郎』の美禰子、『彼岸過迄』の千代子、『行人』のお直、『道草』（大正四年）のお住、そして『明暗』（大正五年）のお延である。これらの小説には〈読者〉の位置が用意されているのである。

たとえば、『三四郎』には「もし、ある人があつて、其女は何の為に君を愚弄するのかと聞いたら、三四郎は恐らく答へ得なかつたらう」といった、三四郎の死角を指摘する文章が、全体で十三ヵ所書き込まれている。(27) 三四郎には美禰子の内面が見えていないことが、〈語り手〉によってはっきりと告げられているのである。先に『蒲団』を例に挙げて指摘したように、「知らなかった」というような否定辞には〈読者〉の位置がはっきりと刻印される。比喩的に言えば、『虞美人草』の藤尾は死角のないテクストによって殺されたが、『三四郎』の美禰子は三四郎の死角で生きることができたのだ。

これと同じような方法が採られているのが『道草』である。『道草』にも「感情に脆い女の事だから、もし左右でもしたら、或は彼女の反感を和らげるに都合が好からうとさへ思はなかつた」といった文が二十数ヵ所書き込まれている。[28]『明暗』のお延のように、津田と拮抗する登場人物にまで成長すれば、もう死角があるかないかの問題ではない。

一方、こうした装置の用意されていない『それから』の三千代や『門』のお米が、これらの「新しい女」[29]とは対照的に「おとなしい女」のイメージを与えることは決して偶然ではない。漱石文学にあっては、〈読者〉の位置は「女」の生きる場所でもあったのだ。

修善寺の大患で作家漱石は生まれ変わった

〈声〉の実験にかかわるもう一つの体験は修善寺の大患である。明治四十三年、慢性の胃潰瘍を抱えた漱石は転地療養のために修善寺温泉に赴いたが、かえって悪化させ、大吐血の_のち人事不省に陥るのである。その結果、翌明治四十四年は小説を発表することができなかった。義務を果たせなかった漱石は、次に発表することになった『彼岸過迄』の予告文で、こんな風に言っている。

久し振だから成るべく面白いものを書かなければ済まないといふ気がいくらかある。それに自分の健康状態やら其の他の事情に対して寛容の精神に充ちた取り扱ひ方をして呉れた社友の好意だの、又自分の書くものを毎日日課のやうにして読んで呉れる読者の好意だのに、酬いなくては済まないといふ心持が大分付け加はって来る。

（「彼岸過迄に就て」明治四十五年一月一日）

漱石に、現実の読者が見えてきたのである。小説家夏目漱石について考える場合、この修善寺の大患は、「則天去私」への道筋としてよりも、方法上の転機としての意味の方がはるかに大きい意味を持つ。

この時漱石が読者のために考えた方法は、こうである。「個々の短篇を重ねた末に、其の個々の短篇が相合して一長篇を構成するやうに仕組んだら、新聞小説として存外面白く読まれはしないだらうか」。この方法は、後期三部作を通して行われた。その結果、どういうことが生じたのだろうか。

後期三部作は構成上いくつかの共通点がある。

一つは、ある種の謎が仕掛けられていることである。〈読者〉はその謎を中心に小説を読むだろう。二つは、小説には〈終わり〉があるのに物語は結末を迎えていないような構成が採用されていて、物語の「その後」が空白として〈読者〉の前に投げ出されていることである。〈終わり〉に余韻を残したいわゆるオープンエンディングとは違って、〈読者〉は突然放り出されてしまう。今度は逆に、〈読者〉は小説の外部に連れ出されるわけである。

三つは、時間的な捻《ねじ》れが仕掛けられていて、小説を最後まで読んだ〈読者〉が、もう一度一見単なる伏線に見えてしまう前半に戻って、小説を再構成しなければならないということである。〈読者〉は小説を二度読むことを求められていることになる。

こういう構成に加えて、後期三部作では、一人称の語りや手紙が（手紙も一人称の語りを持つ）小説を構成しているのだ。〈読者〉は「手記」の書き手や手紙の書き手に直接話しかけられているような錯覚を楽しむことができる。

いずれにせよ、後期三部作で行われているのは〈読者〉をめぐる実験である。この三編の小説を読むためには、私たちは何人かの〈読者〉を演じなければならない。たとえば、物語内容をとりあえず忠実に読む〈読者〉、一人称視点人物とともに迷宮のような小説を迷う〈読者〉、そして直線的な時間軸に沿ってそれを強引に織り直してゆく〈読者〉、という具合に。

これは、小説というテクストの中に〈読者〉の位置を組み込むといった試みを大きく超えて、〈読者〉に小説というテクストへの参加を求めているのだと言っていい。漱石は、〈読者〉とともに小説というテクストを織り上げる方法の実験をしていたのである。

漱石が後期三部作で意識的に用いたこの短編連作という方法は、漱石の小説をめぐる実験の総体をも説明し得るだろう。それは、漱石はその作家生涯をかけて、大きな物語を書いていたのではなかったかというものである。その大きな物語とは、東京という大都市の山の手に住む若者と家族をめぐる物語だ。それをいくつかのテーマから論じたのが、この本の方法である。

文化記号とリアリティー

ここでもう一度『虞美人草』の失敗を振り返っておきたい。『虞美人草』が「朝日新聞」に連載されたのは明治四十年六月二十三日から十月二十九日までだった。一方、この小説中のメイン・イベントとも言える東京勧業博覧会は、同じ年の三月二十日から七月三十一日まで上野で開催された。まさに同時進行だったのである。現実の読者が、博覧会の似合う「新しい女」を支持した理由の一つもそこにあった。

『虞美人草』で手痛い失敗を喫したにもかかわらず、漱石は文化記号を書き込むことをやめなかった。やめないどころか、次作『坑夫』（明治四十一年）で「意識の流れ」の文学化という先駆的な実験を行った後、[30]前期三部作以降はさらに積極的に文化記号を書き込むことになる。社会や風俗などの文化記号をテクストの地として積極的に織り込み、単純に一つの物語に収斂《しゅうれん》しない多層的な意味を作り出そうとしているのである。これは、刻々と生起し変化する社会の出来事を「事件」として商品化するメディアである新聞の連載小説としての性格を最大限に生かした手法であった。

『三四郎』であれば、当時日本で最も西洋的な知が集約されたエリアである本郷《ほんごう》文化圏の退廃の兆しを、三四郎の視線の届かないところにアイロニカルに描いている。『それから』であれば、日糖事件（明治四十二年に起きた疑獄事件）や急激な都市化現象に象徴される資本主義社会の歪みを、代助の身体像の歪みとパラレルに描き込み、また、代助の無意識をヨーロッパ世紀末的な文化のレトリックで表象している。

そして、『門』では、そうした資本主義社会から半ばドロップアウトした下級官吏である宗助の隠遁生活にも似た暮らしぶりの中に、雑誌『成功』に象徴される中・下級エリートたちの秘かでささやかな立身出世願望の名残をさりげなく点描しているという具合なのである。

こうした文化記号がある種の一元的でないネットワークを作りだし、小説が単線的に読まれることを阻んでいるのである。それ以降の小説も、程度の差こそあれ、本質的には変わらない。

こういう性格を持つために、漱石の小説が風俗小説として軽んじられていた一時期があった。しかし、いまは違う。文化記号に対する解読コードが確立すれば、こういう文化記号こそが、小説の中で当時の〈読者〉の生きる場所であったことがよく見えてくるし、いまはまた新たな形で〈読者〉の解釈を誘うからである。その意味で、文化記号は、小説を風化させる作用と小説を生かし続ける作用との両面を持つ。

こういうプロセスを経て、読者は解釈を行う。解釈を行うことは、小説というテクストを読者のいる世界に関係づけることである。その時、様々な文化記号と小説というテクストとが、〈読者〉を通して出会うのだ。

もちろん原理的には、すべての近代的なテクストがそうである。すべてのテクストに〈読者〉の位置がある。しかし、漱石の時代に、それは自明なことではなかった。その意味で、漱石の小説の近代性は、様々な試行錯誤の後に歴史的に獲得されたものだと言っていい。これが、漱石の近代的な小説を近代的な態度で読もうとする理由である。

漱石は『文学論』の中で、次のようにも言っている。

されど此所謂文芸上の真は時と共に推移するものなるを忘るべからず。文学の作品にして今日は真なりと賞せられ、明日は急に真ならずと非難を受くるもの多きは吾人の日常目撃するところにあらずや。これ凡て「真」なるものの標準刻々に変じつゝあるに拠るものとす。

ここで言う「真」は、いまならリアリティーと言い換えることができる。私たちは、漱石の時代にはどのような文化記号がリアリティーを持ったのかを、一人の〈読者〉として知りたいと思うのだ。この本で私たちは、小説というテクストと文化記号とをつなぐ一人の〈読者〉になる。そして、小説というテクストを中心として、そのような〈読者〉として解釈ゲームに参加するのである。そのことを通して、ほかならぬ漱石の方法が見えてくるだろう。

第一部

「家」から考える

第一章　不安定な次男坊

1　〈家〉と次男坊

漱石は次男坊になった

夏目漱石と〈家〉との関係からもし不幸を紡《つむ》ぎ出すとしたら、それは次男坊の物語になるだろう。

漱石が生まれた時、夏目家ではすでに四男三女をもうけていた。漱石のすぐ上の男女一人ずつの子はすでに早世していたが、漱石は八人兄弟の末っ子として生まれたのである。しかも父母ともに高齢で、世に言う「恥かきっ子」であった。夏目家にとって、漱石は不要な子でしかなかったのだ。漱石自身、自分は「余計者」「要らぬ子」だったと回顧していたらしい(1)。

漱石は、生後すぐ、生家のある牛込からほど近い四谷の古道具屋に里子に出された。この時は姉によって連れ戻されたが、翌年再び、父直克《なおかつ》と縁が深く、子のなかった塩原《しおばら》昌之助《まさのすけ》・やす夫婦の跡取りとして養子に出された。

しかし、当時の慣習からすれば、二歳で養子に出されたことはとりわけて不幸だったわけではない。養子縁組は盛んに行われていたからで、夏目家でも、三男の和三郎直矩《わさぶろうなおただ》が一時養子に出ているし、三女のちかも養女に出されている。漱石のように跡取りとして迎えられたのならば、養子としても決して悪い条件ではなかった。事実、はじめての近代的な戸籍である明治五年のいわゆる「壬申《じんしん》戸籍」の折には、塩原によって実子として登録されただけでなく、塩原家の幼い戸主となっているのである。(2)

川島武宜は、親からの〈恩〉に対して子が負うべき〈孝〉として、一、父母を敬うこと、二、立身出世し家名を上げること、三、親を養うこと、四、子をつくることの四点を挙げている。(3) 養子は、これらの「義務」を果たすことではじめて養子たり得たし、新しい〈家〉を自分のものにすることができたのである。

漱石は、塩原家の跡取りとして過剰なまでの愛情を受けた。しかし、漱石はそれは愛情ではなく、いわば一種の契約関係であることを子供心に感じていたと言う（『道草』）。養子戸主は、親の〈恩〉と子の〈孝〉とが契約関係としてむき出しになるような制度である。幼い漱石は、戸主となるべき人間の悲哀を身をもって味わっていたことになる。ところが、漱石はやがて次男坊の悲哀をも味わうことになるのだ。

明治九年、塩原夫婦の離婚や昌之助の戸長免職のために、漱石は塩原姓のまま牛込の実家に戻された。しかし、実家に戻った彼は、実父直克から「殆んど子としての待遇を与えられず（『道草』）、「寧ろ過酷に取り扱かはれた」（『硝子戸の中』大正四年）と言う。

「籍が塩原に残されている以上、いつ塩原に取り戻されるか分からない。育てるだけ損だ」。おそらく、これが直克の言い分であろう。しかし、この時でさえまだ漱石は十分に不幸ではなかった。「彼はまだ悲観することを知らなかった」（『道草』）ので、「浅草から牛込へ移された当時の私は、何故か非常に嬉しかった」（『硝子戸の中』）。

漱石が家との関係において決定的な不幸を抱え込むのは、明治二十年に長兄大助、次兄直則《なおのり》が相次いで結核で亡くなったことがきっかけとなっている。大助は、明治十七年にすでに家督を相続していた。夏目家では、若き戸主を失ったのである。

跡取り息子の死に不安を覚えた直克は、三男直矩の家督相続届を七月に出した上で、もう一つ手を打つことになる。それまで「余計者」として扱っていた漱石の復籍である。この当時、漱石が、遊び人の直矩とは対照的に新時代の高等教育を受けつつあったことも、直克に復籍を考えさせた要因だったかもしれない。漱石は第一高等中学校予科の学生で、大助の死後、夏目家に戻っていた。

直克は、再三再四にわたる交渉の挙げ句、翌明治二十一年一月、ついに漱石を塩原家から夏目家へ復籍させることに成功した。直克は、七年間の養育料として二百四十円を塩原に支払っている。この二百四十円のうち百七十円は一時金として、残りの七十円は月々三円ずつの月賦で支払われた。この時漱石は、図らずも実質的な次男坊として二百四十円で実家に買い戻されたのだ。

結局、その後兄直矩は結核にならず、漱石が跡取りになることはなかったが、この一連の出来事は、家督相続の酷薄さをよく物語っている。

〈家〉は法人そのもの

養家で、毎月当然のように、またごく自然に身を任せていた〈父母〉に囲まれた〈家〉での生活。そこで与えられていた〈親切〉や〈愛情〉。それが、いざという間際に金銭に換算されてしまったのである。しかも、漱石は一度は塩原の実子として登録されたのであってみれば、彼は再び塩原家から夏目家に養子に出されたようなものだったのだ。もちろん、再び〈家〉のためにである。

この手続きには、養子と血統との微妙な関係がよく現れている。その〈家〉の代表なのだから、原則として、戸主が養子になることはできなかった。そこで、夏目家でも復籍の直前に、漱石が塩原の実子ではない旨を「戸籍正誤願」によって届け出ている。

しかし、たとえ戸主であっても、それが養子戸主の場合には地位はかなり不安定だった。養子戸主の地位よりも養家の血統が優先されたのである。

たとえば、養子戸主を迎えた後に男の実子ができた場合、養子戸主がその地位を奪われることがあったと言う。あるいは、「養子は養家の戸主となってからでさえも、実家の血脈の断絶を救うためには、その地位を去って実家へ復籍することができた(4)」のである。漱石の復籍はこのケースに似ている。漱石の場合、直矩が家督相続をしている以上「実家の血脈の断絶」の危機にはなかった。それにもかかわらず復籍が可能だったのは、血統を優先する思想があったからであろう。

この時代に行われた養子縁組は、跡取りを得るためばかりとは限らなかった。次男三男としてあえて養子を取ることも決して稀ではなかったのである。高柳真三によれば、それには次のような目的があった。(5)

このほかに（家督の相続を目的としたもののほかに——筆者注）なお、家相続を目的としない養子、すなわち通常は分家させるための養子が存した。これらのものも中には普通の二男三男のごとき地位や関係をもつものがあり、それを二三男養子と称したことはすでにのべたところである。かかる養子が存在した理由としてあげるべきものは二、三にとどまらないであろうが、そのもっとも主なるものが親族団体の繁栄を図るにあったことは疑いを容れない。家の継続発展に重大な意義があった以上は、結合の固い有力な親族団体を繁栄させ、その協力によって家の基礎を固めようとする要求を生じたのは当然のことであった。また、嗣子に万一の故障が生じた際には直ちにその地位を補充すべき予備的嗣子として、この種の養子が必要とされたことも考えられる。

この説明は、戦前の〈家〉がまさに制度、いや端的に法人そのものであることをみごとに物語っている。

夏目家の事情から考えて、漱石が実家に戻された理由は〈家〉の「繁栄」のためではない。もっと差し迫った理由からだった。すなわち、「嗣子に万一の故障が生じた際」に「その地位を補充すべき予備的嗣子」としてであったことはまちがいない。長男、次男と立て続けに結核で二人も息子を失った直克が、残された三男直矩の健康状態に不安を抱いたとしても不思議ではない。漱石は、跡取り直矩のスペアーとして夏目家に買い戻されたのだ。これが、次男坊であることの意味なのである。[6]〈家〉にとって、次男坊とはどのような存在だったのだろうか。

〈家〉を内面化させる明治民法

明治維新以後の〈家〉は、常に「男女同権」と「個人主義」とによってゆさぶられ続けていた。

近代的婚姻観から見た明治初期の日本は、二つの大きな問題を抱えていた。一つは、夫婦の二組に一組は離婚するという離婚率の高さであり、[7]もう一つは、一夫多妻制である。[8]西洋的な価値観から見れば、これらは「蛮風」と見えたのである。その「改良」のために「男女交際」や「親子の別居」や「個人の確立」の必要が説かれたのは明治の二十年前後である。一方、明治政府は、〈家〉規範を強めることでこうした問題を解決しようとしていた。

明治二十三年に公布された旧民法は、その草稿段階から比べるとはるかに家父長権が強化されたにもかかわらず、保守派の総攻撃に晒された。「民法出テ、忠孝亡フ」（穂積八束『法学新報』明治二十四年八月）と言うわけだ。旧民法はついに施行されなかった。明治三十一年に施行されたいわゆる明治民法はその改装版である。

旧民法を闇に葬った保守派は、この明治民法も非難し、失望した。資本主義経済に対応できる近代的な法体系を整える必要から、明治民法がまがりなりにも「個人」という概念を前提とせざるを得なかったからである。これでは家督も家族も〈家〉ではなく戸主という「個人」の所有物ではないか、家族の間に権利義務関係が持ち込まれているではないかというのが、保守派の批判だった。もともと、彼らには家族関係を法によって規定すること自体が受け入れ難かったのである[9]。

そこで、彼等はイデオロギー攻勢の重点を学校での徳義教育に移した。その最大の拠り所となったのが、明治二十三年に発布されていた教育勅語と、それを受けた修身書である。明治三十六年には修身書が国定教科書に一本化され（使用されたのは翌明治三十七年から）、教育勅語の全文が引用されることになる。そこに構築されたのが家族国家観[10]であることは言うまでもない。天皇と国民とを〈家族〉と見なすこの無限定な〈家族〉の拡大は、〈家〉の法人的な側面に目隠しをする役割も果たしただろう。

なぜそんなことが可能だったのか。

明治民法による〈家〉は、規定上は法人格を持たないし、家産も持たない。それどころか、明治民法は〈家〉それ自身について明確な規定をいっさい行っていない。保守派の考えるように、明治民法上の〈家〉は戸主とその家族という「個人」に還元されている。しかし、このように〈家〉をなし崩しにするかに見える明治民法の性格が、かえって規定されていない〈家〉を観念的なものにし、〈家〉は見えない規範／見えない法人として機能したのである。それは、〈家〉が「個人」的な情緒として内面化されるということだ。保守派の徳義教育とは、〈家〉を情緒によるつながりに見せることだった。

明治民法上の〈家〉は、戸主権と家督の長子単独相続と女子の無能力規定という特徴を持つ。「男女同権」も「個人主義」も、明治民法には組み込まれなかったのである。明治民法施行の前後から、明治二十年代の急速な「改良」の風潮が退き、しだいに保守化していった。明時代も、「男女同権」は「良妻賢母」に取って代わられることになる。

しかし、「個人主義」の議論は途絶えることはなかった。

男しか「個人」になれない

漱石が小説を書き始めたのは日露戦争のただ中だが、実は、日露戦争直後は日本の家族制度が見直された時期でもあった。日本の勝因は家族制度にあると言うのである。これらの主張も「個人主義」を意識して行われていた。

中嶋半次郎「我家族制度の長短」(『中央公論』明治三十九年九月)は、日露戦後に「日本の家族制の優れること」が主張されている状況を踏まえ、日本の家族制度には家族が家長に頼り切る「短所」があるから、「自尊自立」という「個人主義」の「長所」を

「加味」することを提案している。このような「家族主義」と「個人主義」との折衷案が穏当なところだったのである。この間の事情を、有地亨は次のように説明している。(11)

体制側のイデオローグが目指したものは、家族主義と個人主義のそれぞれの短所を切り捨て、両者の長所を接合して、現実に適応できるような家族主義であった。もっと具体的に言えば、明治維新以来、すくなくとも峻厳な家族制度はその実体を失い、形骸化しつつあり、また、個人の権利を定める法律、自我の主張を説く文学、個人の人格の尊重を教える個人主義が国民に浸透してきている。この家族主義の衰退と個人主義の擡頭状況はもはや否定し得ない現実であるので、その現実に立って、家族制度の短所を個人主義の長所でもってカバーし、両者を接合した新しい家族主義を維持すべきことを説くものである。

一方、こうした議論とは比べものにならないくらい「進歩的」な主張もあった。そして、その議論のプロセスに時代の無意識が現れていた。

たとえば、先の中嶋論文の前月に発表されていた安部磯雄「個人主義と家族主義の調和」(『中央公論』明治三十九年八月)である。安部は、「個人主義を主として家族主義を客とする」立場を表明し、「家族でも国家でも個人の幸福を完全にする為にこそ必要であれ、若し個人の幸福を増進することが出来なければ殆んど存立の必要がない」とまで言い切るのである。この時期にして実に「進歩的」な主張だと言っていい。

この安部の言説において注意したいのは、「家族主義の為に個人の幸福が犠牲」になる典型的な例として「養子制度といふ忌むべき習慣」を挙げていることである。これはいわゆる「婿養子」のことを指す。安部は、「女子」の身にもなって考えているのだが、安部の言う「個人」が男しか指していないことは否定できない。

藤井健次郎「家族主義に対する疑問」(『中央公論』明治四十一年九月)も同様である。この論では、やはり日露戦後の「家族主義」見直しの機運に触れ、六項目にわたって「家族主義」に「疑問」を投げかけている。

第一は、身分制が消滅し、職業選択が自由になったこと。第二は、移住が自由になったこと。第三は、次男坊以下の男子が養子に出てその家を継ぐのではなく、自分の力で新たに一家をおこすことが多くなってきたこと。第四は、「老夫婦と若夫婦」との「別居」が多くなってきたこと。第五は、法律や制度が「家」を基本とせず、「人」を基本としていること。そして第六は、西洋の「個人思想」が普及してきたことである。

優れた分析だが、第三の説明の仕方に注意したい。

> 次男以下の人々は、自分の興した家、自分の獲得した身分、自分の撰択した職業と云ふ考があるからして、家と云ふ観念は殆ど絶無と云つても宜い、少くとも其観念は非常に弱くなつたと言へるのである。

このように捉えられた「次男以下の人々」が、古い〈家〉から「個人」として自立する可能性を秘めていたことはまちがいない。

しかし、この「人々」は男性しか指してはいないのだ。この時期にいたっても「個人」が議論され続けたのは、明治民法によって「男女同権」が圧殺されることで、「個人」が男性ジェンダー化したからではないだろうか。保守派は言うまでもないが、「進歩的」な思想においてもまた「個人」は男性ジェンダー化されていたのだ。少し大袈裟に言えば、女性は「個人」として論じるに値せずということだった。

この時期、「共産制」「社会主義」を支持する最も急進的な立場をとっていた堺利彦の「我輩の家庭主義」(『家庭雑誌』明治三十九年一月)でさえ、「父子の関係」「父の情」は家族の中では特別なものとして論じられていた。安部や藤井や堺を責めているのではない。彼らもまた、時代のパラダイムに無意識だったと言いたいだけなのである。

次男坊は〈家〉の境界線上にいる

「次男以下の人々」がこの時代に注目されるのは、このようなコンテクストにおいてだった。

次男坊はそれ「以下の人々」とまったく同じではない。三男四男ともなれば、〈家族〉の地位に甘んじるのでない限り、いずれ独立しなければならなかった。つまり、分家という名の〈家〉からの放逐が待っている。彼らはどのみち家督相続はできないのだから諦めはつく。

次男坊は違う。彼は、長男に万一のことがあればその代わりとして家督を相続する可能性がある。しかし、そうでなければただの「余計者」でしかない。かといって、〈家〉はそう簡単には彼を手放さない。次男坊は、次の世代の跡取りが「完全ノ能力ヲ有スル」[12]大人となるまでの間、飼い殺しにされなければならないのである。〈家〉にとって次男坊の存在は必要なのか不要なのか、その間で引き裂かれ続けるのだ。〈家〉の思想の歪みは、子の中で誰よりも次男坊にはっきり現れる。

〈家〉制度に支えられた文化にあっては、次男坊は、姉妹とはもちろん、他の兄弟とも異なる不安定な存在なのだ。彼は〈家〉の境界線上にある。だから、次男坊が境界線上からズラされた時、ドラマが始まる。次男坊は、優れて魅力的で、しかも危険な文化記号となる。彼は、〈家〉と外部とを繋ぐトリックスターでもある。

次男坊について考えることは、明治民法というハードな制度によって、〈家〉の境界線上に追いやられ／引き留められた〈子供〉の目から見た〈家〉を分析することにほかならない。

2 次男坊の悲哀

〈坊っちゃん〉の感性

次男坊が次男坊であることの悲哀を痛切に味わわされているのは、『坊っちゃん』の主人公だろう。

「おやぢは些《ちつ》ともおれを可愛がつて呉れなかつた。母は兄許り贔屓《ひいき》にして居た」と言うのだ。『坊っちゃん』の第一章は、〈坊っちゃん〉の家族が彼に辛く当たる態度と、そのことに対する彼の反発が、これでもかというくらいに描き込まれている。

その反発の中でも、〈坊っちゃん〉と、彼を「贔屓」する「下女」の清は、〈坊っちゃん〉の兄をことに嫌っているように見える。兄への呪詛に満ち満ちていると言ってもよい。「元来女の様な性分で、ずるい」と〈坊っちゃん〉は言い、清は「勉強をする兄は色許り白くつて、迚《とて》も役には立たないと一人できめて仕舞つた」。

平岡敏夫は、漱石が『坊っちゃん』に「勝海舟の父小吉の「夢酔独言」を生かした形跡がある」とした上で、「もし、坊っちゃんを妾腹とでも考えるならば、兄ばかりひいきにする母親や兄との不和の問題もすらりと解ける」と指摘している。[13]

魅力ある説だが、しかし、当時は次男坊の扱い一般がこのような傾向を帯びていたのではなかっただろうか。そう考える方が自然である。

そう言えば、〈坊っちゃん〉は家族を固有名詞で呼ばない。「おやぢ」「母」「兄」という風に、自分との関係でのみ呼ぶ。それが日本語として自然であるだけにかえって、個人ではなく〈家〉の論理が〈坊っちゃん〉を拒否していることをさりげなく示すものとなってはいないだろうか。

「こいつはどうせ碌なものにはならないとおやぢが云つた。乱暴で乱暴で行く先が案じられると母が云つた」、「おやぢは何にもせぬ男で、人の顔さへ見れば貴様は駄目だ〳〵と口癖の様に云つて居た」。〈坊っちゃん〉は〈家〉の中ではこういう否定的な言葉でのみ規定され続けた。そのために、彼自身、「到底人に好かれる性《たち》でないとあきらめて居た」だけでなく、「おれは何事によらず長く心配しやうと思つても心配が出来ない男だ」と、自らアイデンティティーをも放棄していた。

彼がかろうじて自己同定できるのは、「〜が嫌い」という否定的で受け身の感情にでしかない。この感情の表明こそが、〈家〉の中での〈坊っちゃん〉という次男坊の感性を言説として表したものにほかならない。

鹿野政直は、この時期の〈家〉が「家族員一人一人の『序列』の強調としてあらわれ」たために、「この『序列』意識は、一家内のそれぞれの位置に応じた人格の鋳型を準備した」と述べている。[14] 次男坊には次男坊の「鋳型」があるのだ。

山の手は立身出世のエリア

母が死に父も死んだ後、〈坊っちゃん〉の兄は家督を相続した。仕事の関係で九州に赴任しなければならない兄は、家を売り払った。家長としての兄には〈坊っちゃん〉を扶養する義務があるのだが、この兄は弟へ六百円、清に五十円を渡してすませた。いわば手切れ金である。だから、これを「兄にしては感心なやり方」と呼ぶ〈坊っちゃん〉の言葉には皮肉が込められている。

そんな彼も「おれを以て将来立身出世して立派なものになると思ひ込んで居た」清の夢を、自己の夢として引き受けようと思った時期がないわけではなかった。清の立身出世のイメージは次のようなものだ。

> 夫から清はおれがうちでも持つて独立したら、一所になる気で居た。どうか置いて下さいと何遍も繰り返して頼んだ。おれも何だかうちが持てる様な気がして、うん置いてやると返事丈はして置いた。所が此女は中々想像の強い女で、あなたはどこが御好き、麴町ですか麻布ですか、御庭へぶらんこを御こしらへ遊ばせ、西洋間は一つで沢山です抔《など》と勝手な計画を独りで並べて居た。　（一）

清の立身出世のイメージは、高級住居街だった山の手[15]に「立派な玄関のある家」を持つことだった[16]。明治三十年代からはっきりした形を取り始める〈山の手志向〉の一つの現れである。この、あまりに具体的で貧困なイメージは、しかし、立身出世の本質を見事に言い当てている。なぜなら、立身出世することは、「いわば共同体に組み込まれた古い家から離脱した個人」が、彼自身の力で「新しい家を形成していく[17]」ことにほかならなかったからだ。東京の下町が飽和状態になった明治三十年代以降、それが実現できる場所は、山の手だったのである。

もちろん、〈坊っちゃん〉は「麹町辺へ屋敷を買つて役所へ通ふ」ことになったりはしない。四国での出来事で、ぎりぎりの所まで追いつめられた彼が自己像《アイデンティティー》として選び取るのは「立身出世」ではなく、「真つ直でよい御気性」「竹を割つた様な気性」等といった清から与えられた肯定的な言葉だったからである。これらの言葉は、〈坊っちゃん〉の両親が彼に与えた否定的な言葉とは対照的だ。〈坊っちゃん〉は、清の言葉に自己の存在を賭ける。その意味では、この〈坊っちゃん〉の語り（あるいは手記）は、清に捧げられていると言えるだろう。

江戸つ子とは血統のメタファーだった

しかし、この清の言葉は、この手記の結末で「江戸つ子」という別の言葉に収斂して行く。

〈坊っちゃん〉は、「江戸つ子」という言葉を乱発しているように見えるが、実は他人に向かって実際に口にしたことはたった二度しかない。一度目は、教師として着任した早々の授業で、生徒が彼の「べらんめい調」がわからないと言ったのに対して「おれは江戸っ子だから君等の言葉は使へない」と答えた時だ。この時、彼が生徒の「方言」と自分の「べらんめい調」とを対比的に捉えている以上、この「江戸っ子」とはより多く近代日本の中央の意味で語られている。

しかし、二度目は違っている。物語の終わり近く、山嵐と会話を交わす場面である。

「君は一体どこの産だ」

「おれは江戸っ子だ」

「うん江戸っ子か、道理で負け惜しみが強いと思つた」

「君はどこだ」

「僕は会津だ」

「会津っぽか、強情な訳だ」　（九）

山嵐の問いに、〈坊っちゃん〉は「東京だ」とは答えず「江戸っ子だ」と答えている。そして、「僕は会津だ」という山嵐の答えを、〈坊っちゃん〉は「会津っぽか」と受けている。場所ではなく、気質で答えているのである。この時、〈坊っちゃん〉は、清から受け取った自己の生き方を一つの気質として語っているのだ。彼は「江戸っ子」という伝統的な言葉に自己のアイデンティティーの拠り所を見いだし、この言葉で自己の像を他者に結ぼうとしたのである。

『坊っちゃん』は、「江戸っ子」の〈坊っちゃん〉がこの四国の町で活躍する物語などではない[18]。〈坊っちゃん〉が様々な関係の中で「江戸っ子」になる物語なのだ。

しかし、「江戸っ子」気質は、清からだけ貰ったものではなかった。

（二）

親譲りの無鉄砲で小供の時から損ばかりして居る。

「おやぢ」と「母」の亡くなった後の〈家〉は、「兄」が金に換えて、その大部分を持っていってしまった。家はもうどこにもない。いま、「元来女の様な性分」の「兄」に代わって、「頑固だけれども、そんな依怙贔屓はせぬ男」である「おやぢ」の「江戸っ子」気質を受け継ぐのはまちがいなく自分なのだ——これが、〈坊っちゃん〉が誇らしげに自己の失敗談を語り始める隠された動機に違いない。

「江戸っ子」気質こそは、失われてしまった〈家〉に代わる「血統」のメタファーなのだ。「血統」とは、〈家〉のアイデンティティーである。〈坊っちゃん〉の気質とは感性としての〈家〉だと言っていい。

四国への旅は、彼が、この内なる〈家〉を探し当てるまでの通過儀礼のようなものだったのだ。だからこそ、この語り出しは、〈家〉から拒まれた次男坊が、自己の気質のみを、もうなくなってしまった〈家〉につなごうとする切ない思いをも響かせている。これが、立身出世という物語からこぼれ落ちてしまった次男坊に許された「新しい家」の形だったのである。

『それから』の隠された構造

『それから』は、ふつう長井代助と人妻平岡三千代との道ならぬ恋の物語と読まれているが、それほど単純ではない。やはり、家督相続の問題が物語に深く影を投げかけているのだ。

代助の父、長井得《とく》は、長井家の経済状態が悪化しつつあることもあって、自分が隠居(戸主が六十歳になると、生前に家督を長男に譲ることができた)をすることで、新しい戸主になる長男の誠吾に次男坊の代助を扶養する義務を負わせることは忍びないと考え、土地持ちの佐川と代助の政略結婚を思いついたようだ。

この結婚話は、決して『それから』のサブストーリーとは言えない。むしろ、この結婚話によって〈家〉からの独立を強いられることが、代助を三千代に走らせる要因になっているふしさえ見えるのである。

代助は、〈坊っちゃん〉という自己像を逆手に取って、あえて〈家〉の周縁に身を置くことで、それなりの生活を実現していた。彼は、二人の兄の早世によって、長井家の実質的な次男坊になっていたのである。しかし、もともと代助という名は、次男坊を象徴しているのである。
「誠者天之《まことはてんの》道也《みちなり》」という額を大切にしている長井家では、代々跡取りの名には、誠之進、誠吾、誠太郎と言う具合に「誠」の一字を入れる習わしがあるらしい。誠之進は代助の父長井得の幼名、誠吾はその長男（つまり代助の兄）、誠太郎はそのまた長男（つまり代助の甥）である。この名前の連なりの中では、代助とは実に異様な名だと言うことに気づかされる。代助という名は、彼がまさに跡取り誠吾の代わり《スペアー》でしかないことを雄弁に物語っている。

代助は、別居を許されている。もちろん分家ではない。分家となれば、代助は分家の戸主になるから、本当の自由を手にしてしまう。しかし、いま代助が手にしているのは、長井家が彼に許す範囲での「自由」だ。これは、「代助が生れ落ちるや否や、此親爺が代助に向って作ったプログラムの一部の遂行」として「驚く程寛大」になった結果である。代助の別居は、実は〈家〉における次男坊の位置づけそのものなのである。代助は、いま〈家〉から排除されつつあるのだ。

それには、たぶん二つの理由がある。

一つは、長井家ではそろそろ得から誠吾への代替わりを考えていて、代助がもう長井家の「子供」ではいられなくなっていることである。もう一つは、得の孫誠太郎が十五歳になって、誠吾の次の跡取りとなれる年齢になったことである。次の世代の跡取りが成人に近づいたことで、代助は跡取りの代わり《スペアー》としての役割を終えつつあるのだ。

これが、得がはじめから考えていた「プログラム」である。その上に、不況による長井家の経済問題が加わって、長井家からの代助の切り離しという、次の「プログラム」の実行が迫られていたのだ。それが、得の用意した佐川の娘との政略結婚である。『坊っちゃん』において、「おやぢがおれを勘当すると言ひ出した」直接の原因は、〈坊っちゃん〉が兄を傷つけたこと（将棋の駒をたたきつけて、兄の眉間を割ってしまったこと）にあった。このことを思えば、『それから』の構図はさらに隠微なものとして浮かび上がって来る。

代助が甘受している〈坊っちゃん〉という「無能力」者としての自己像は、彼が〈兄〉の地位を決して犯すことはしないという恭順の意をそれとなく表明する機能をも果たしていたということである。だとすれば、代助がこの自己像と引き換えに得ている「自由」は、半ば〈家〉から強制されたものだと言える。それは、彼を半ば排除しつつある〈家〉の論理を彼が受け容れたことを意味する。だからこそ、代助は〈坊っちゃん〉に甘んじている限り、「精神の自由」を享受できるのだ。

その代助が、「独立」（分家）という名の〈家〉からの放逐を父から迫られた時、〈恋〉を選ぼうとするのである。

〈恋〉の物語と〈家〉の物語

こうした事情は、代助がかろうじて自我の統一を実現している「精神の自由」という拠り所が、実は〈家〉の論理の枠組みによって作られたものでしかないことを物語っている。代助は、〈家〉への帰属意識をそれと知らずに生きてしまっているのだ。そうである以上、彼の〈恋〉が〈家〉の言説を変奏してしまうことは当然だと言えよう。

明治民法下の〈家〉では、〈成人〉であることさえも戸主一人に許された特権だった。その他の家族は戸主に扶養されるべき〈子供〉＝「無能力者」でしかない。だから、明治民法では、戸主は家族を扶養しなければならなかった。しかし、戸主に一方的に課せられたかに見える扶養の義務は、実は両刃の剣だった。独立の生計を立てていないものは、たとえ成人であっても「親権」に服さなければならなかったからだ。つまり、〈子供〉として戸主の管理下におかれたのである。

ある意味で、代助は、実家から月々渡される金の額で、「近付のある芸者」との関係を含めた、日々の生活から性生活までをも緩やかに管理されていたと言ってよい。しかし、その金額は、三千代との〈恋〉までは許さなかったのだ。代助は、三千代のために十分な金を用立てることができない。「無能力な事は車屋と同じ」だと、嫂に鋭く指摘されている。

ところが代助は、すでにすべてを諦めている三千代への〈愛〉の誠実を、「義務」「職業」「責任」「身分」「資格」といった、社会的に有用な〈大人〉にふさわしい言葉で語るのである。代助は、三千代と「新しい家」でも持つつもりなのだろうか。しかし、代助の置かれた立場を考えれば、これはほとんど滑稽でしかない。社会的に「無能力者」

である代助が、いかにも社会的な「能力」があるかのように語ることだからだ。

この時、代助は、自分が連なることのできなかった「血統」による自己同一性の神話に、「個人」の自己同一性の神話を接《つ》ぎ木しているにすぎない。それは、現実に根拠を持たない、「個人」という名の家族の神話なのである。

長い間、『それから』は、〈恋〉を契機に、代助が近代的自我を持った「個人」として〈家〉から自立する物語だと読まれてきた。しかし、『それから』で語られているのは、〈恋〉の物語ではない。〈家〉の物語なのだ。代助の〈恋〉が、「家」の論理に対峙する思想のような相貌を見せるのは、それが〈家〉の外で演じられる〈家〉の言説にほかならないからだ。それが「成熟」するということの意味なのである。

そう考えれば、この〈恋〉こそが、代助の形のない「新しい家」だということがわかる。「個人」とは「新しい家」なのだ。「個人」が男性ジェンダー化するのはこういう理由による。

代助は姦通を犯すかもしれない「危険」な「遊民」だが、次男坊が〈家〉への郷愁を捨てたら、「漂泊」する都市流民／都市彷徨者になってしまうに違いない。たぶん次男坊らしい代助の家の書生の門野もそういう一人だが、『それから』の結末にもその兆しが現れている。

『三四郎』の佐々木与次郎も、定住の場を持たず、広田[19]の家に寄食する都市流民そのものだと言えよう。彼が、少し腰が重くおっとりとした長男の三四郎を引き回すトリックスター的な役割を演じることになるのも偶然ではない。

都市流民は社会の過激な危険分子にもなりかねない。『野分』の白井道也は〈東京↓越後↓九州↓中国辺の田舎〉と日本中を流れ歩いた末に、東京に舞い戻って、「社会主義」者だとまちがわれそうな演説をぶつ。そのために迷惑もし、心配もしている兄が、道也の妻お政と計って職に就けようとする。この構図は、次男坊の位置と、社会の秩序にとって〈家〉の果たす役割とを雄弁に物語っている。

ここで改めて確認しておく。現実には都市流民は次男坊ばかりではなかっただろう。しかし、漱石文学では次男坊にはある種のはっきりした性質がある。つまり、記号論的な価値がある。それを確認することで、〈家〉や「個人」といったイデオロギーの性質が見えてくるのだ。

3　次男坊の犯し

小六とお米が姦通を？

〈家〉の周縁にあるべき次男坊を、もし〈家〉の中に引き入れてしまったら、〈家〉の中には奇妙な空気が流れ始める。次男坊は、〈家〉を犯すもの、異人に変貌するかもしれないからだ。

『門』の野中宗助が、京都に遊学中に友人の安井からお米を奪い取る事件が、刑法上の姦通罪に当たるものかどうかは微妙なところだろう。安井とお米の関係が夫婦であったかどうかがはっきりしないからである。

　大学一年終了時の夏休み前に、安井は「一先《ひとまづ》郷里の福井へ帰つて、夫から横浜へ行く積り」だから「一所の汽車で京都へ下らう」と、宗助を誘っている。お米とのことは帰省後に突然持ち上がったのである。それに、その後の安井の世間を憚《はばか》るような行動、お米を「妹」と紹介すること、お米が安井の郷里の福井ではなく東京の出身であること、お米にいわゆる嫁入り支度をしている様子のないことなどを考えあわせると、二人は、駆け落ちに近い形で京都に逃れてきて、内縁関係にとどまっていた可能性が高い。

　安井の生活にその後も不足がないところを見ると、この場合は、お米の方の「父母の同意」(明治民法第七七二条①)が得られなかったと考える方が自然だろう。小説中に、お米の実家との交渉がまったく書かれていないのも、彼女がこの時「勘当」でもされたに違いないことを暗示している。一方の安井も、お米との同棲を郷里へは伝えていないはずである。だから、生活費が送られて来るのである。お米にどこか世を忍ぶ風情のあるように見えるのは、たぶんこういう事情があるからに違いない。

　宗助とお米が、始めも終わりもない「罪」の意識に耐え続けなければならないのも、それが「徳義上」の「罪」だからだ。その「罪」は、法律が定める物理的な時間を離れて、「親」「親類」「友達」「一般の社会」に、そして二人が共にいることそれ自体の中に、現在形として生き続ける。二人は、無限循環する「丸い円」の中に閉じこめられてしまう。しかも、子を得ることのできない彼らの身体は未来に向かって閉ざされている。「山の手の奥」にある迷宮のような二人の住まいのあり方は、このような閉ざされた無限循環の空間的な表象にほかならない。

そこへ、佐伯の叔父の死で居場所を失った小六が入り込んできた。宗助とお米の二人は、小六の視線から絶えざる非難の色を読みとってしまう。つまり、社会を感じてしまう。社会という外部の価値観を身につけた小六の同居が暴くのは、野中家がもはや〈家〉ではないということだ。宗助とお米の夫婦のあり方が、〈家〉を見せかけだけのものにしているのである。

「宗助と小六の間には、まだ二人程男の子が挟まつてゐたが、何れも早世して仕舞つた」ので、小六は実質的な次男坊である。この次男坊が、宗助に長男＝戸主としての役割を果たすことを求めることになる。自分を養って、高等学校に通わせてくれと言うのだ。しかし、財力も気力もない宗助は、それを十分に果たすことができない。このことは、〈家〉を維持するためには財力が必要だということを教えてくれる。〈家〉は法人なのだから。

そこで小六は、最後には宗助の借家の大家である坂井と「直談判」をして、坂井の家に書生として置いてもらえるように、実質的に話を付ける。最後に宗助が形だけ申し入れれば解決するようにしておくことで、宗助の体面だけは保たれるのである。
もはや長男が長男の、次男坊が次男坊の役割を演ずべき〈家〉がないのだ。宗助は、自分が継ぐはずだった〈家〉のたった一つの記念である「屏風」さえ売り払ってしまわなければならなかった。そんな野中家にとって、長男のスペアーの存在など無意味であることは言うまでもない。

しかし、〈家〉の中での位置づけを失った次男坊は、いつ長男の男としての代わりを演じ始め、長男の位置を脅かさないとも限らない。大岡昇平は、「お米と小六が姦通して、宗助が罰せられるという構想があったかと、私は一瞬空想した」と述べているほどなのである[20]。それは、宗助の「空想」でもあった。

　宗助は弟を見るたびに、昔の自分が再び蘇生して、自分の眼の前に活動してゐる様な気がしてならなかつた。時には、はら〱する事もあつた。又苦々しく思ふ折もあつた。さう云ふ場合には、心のうちに、当時の自分が一図に振舞つた苦い記憶を、出来る丈屢呼び起させるために、とくに天が小六を自分の眼の前に据ゑ付けるのではなからうかと思つた。さうして非常に恐ろしくなつた。此奴《こいつ》も或は己と同一の運命に陥るために生れて来たのではなからうかと考へると、今度は大に心掛りになつた。時によると心掛りよりは不愉快であつた。（四）

閉じられた時空に生きる宗助は、宿命のような無限の繰り返しを予感してしまうのだ。小六が、「己と同一の運命」に陥らなくてすむのは、彼が、「自分の勝手に作り上げた美しい未来」、すなわち立身出世という「新しい家」を作り上げる夢を持っているために、宗助に戸主の役割を強く求め続けているからにほかならない。

記憶の中の〈家〉と、まだ手に入れていない未来の〈家〉とが、〈家〉への犯しでもある姦通から小六を遠ざけているのだ。

正しい位置にいない次男坊たち

たぶん、すでに家督を譲られた『行人』の一郎には、妻と物陰で目配せをし、母から内緒の小遣いをもらう二郎の存在は、〈家〉の「正義」に対する不正による犯しと見えていたはずだ。二郎は、この長野家に君臨する一郎には決して参加することのできない、女たちや書生や下女たちとのくだけた会話に参加することができる。彼の次男坊としての気軽な立場がそれを許すのである。

しかし、そういう長野家の〈家族〉たちの言葉のネットワークは、確実に一郎を孤立させることになる。それは〈家〉のシステムそのものなのだが、一郎にはそれが十分には見えてはいない。だから、一郎にはそれが「不正」と映ったに違いない。しかし、兄一郎の求めているのは、あるいは〈家〉の秩序だったのかもしれない。彼は、「新しい家」の「新しい家長」なのだから。

このような、長男の、いや家長の孤立と一郎の個人としての孤独との微妙な重なりとズレとの間に『行人』のドラマがあったと言っていい。

しかし、〈家〉の中心からそれとなく距離を取っていた二郎は、ほかならぬ一郎によって、疑惑の頂点で図らずも〈家〉の中心に深々と引き込まれてしまった。妻のお直が、自分ではなく二郎を好いていると疑う一郎が、お直の貞操を試すために二郎とお直と二人だけの和歌山への一泊旅行を提案する、例の事件である。

二郎には、友人の三沢との「性の争ひ」の体験がある。これは、自分たちとはさして深い関わりもない女を前にして、男二人が争ってしまう体験である。そしてもう一つが、この和歌山への旅行事件を通して、「他家から嫁に来た女」であるお直から、半ば無意識裡に「兄をかう見ろ」と教わった見方で一郎を見ることになる体験である。

お直の言葉は、二つの点で二郎のものとは違った。一つは、それが「女」のものだという点である。「女」の言葉は次男坊の言葉とも違っていたのである。もう一つは、それが長野家以外の人物の言葉だという点にある。二郎は、この体験から、自分自身の存在もゆさぶられることになる。

このような二つの意味を持つ体験から、外部の言葉を[21]〈家〉の中に引き入れることで、二郎は、一郎の「正義」を変質させてしまうのである。そこで、兄の「正義」は、〈家〉から切り離され、純粋に兄個人の「思想」の問題であるかのような相貌を見せることになる。〈読者〉は、こうした二郎の体験のフィルターを通して、一郎の孤独を見ることになるのだ。それが、〈読者〉の見る「知識人の孤独」の質である。

長野家の崩壊の兆しに、たしかに二郎は決定的な役割を演じてしまっていた。しかし、二郎が一人家を出て下宿生活をするという、いわば次男坊にふさわしい場所を占めることで、とりあえずの危機は回避されることになる。

次男坊が次男坊の位置にいないこと、それがドラマを生むのだ。

その意味では、『道草』が、やはり実質的な次男坊であり、かつ三人生き残った兄弟では一番年下の健三が、「周囲のものからは、活力の心棒のやうに思はれてゐ」るところからドラマが始まっているのは、漱石文学の文法に則っている。『道草』の人間関係は、いわば逆立ちした〈家〉だからで、健三は戸主の位置に置かれてしまった次男坊なのである。そう言えば、長男の物語の主人公たち、『虞美人草』の甲野欽吾や『彼岸過迄』の須永市蔵もまた、何らかの意味で正しい位置からズラされた長男だった。

第二章　長男であることの悲劇

1　制度としての長男

〈家〉を作った二つの法律

家制度のもとでは、長男は特別な地位にあった。教育を受ける機会といった問題から毎晩のおかずの質や量といったややいじましいレベルの問題にいたるまで、家の中にあって長男が特別扱いにされて来たというエピソードには事欠かないだろう。それは、むろん長男が跡取り、すなわち、推定家督相続人だからにほかならない。したがって、この傾向が明治以降強化され、広がっていったものであることはよく知られている。〈家〉制度を作り出し、そして支えたのは二つの法律である。

一つは、明治四年に制定された戸籍法である。これは、明治政府が全国的に制定したはじめての法律である。国家は、まず国民を作り出さなければならない。新政府が戸籍という形での国民の掌握にいかに力を注いでいたかがわかる。そして、国民と同時に〈家〉がつくられたのである。この戸籍法によって翌明治五年に編製されたのが「壬申戸籍」である。この時、漱石が塩原家の幼い戸主として登録されたことは前に述べた。

福島正夫によれば、この戸籍法には二つの意義がある。(1)

一つは、〈家〉の「平準化」である。もちろん、完全に「平準化」したわけではない。「華族」や「士族」と「平民」の区別はあった。しかし、それは戸籍の記載内容上の区別であって、戸籍そのものの区別ではない。それまでの封建的な身分制とは決定的に異なるのである。

二つは、〈家〉の代表である戸主と、現実に生計を共にする家族を「戸」としてまとめ上げたことである。〈家〉と〈家族〉とが一体化させられたのである。こうして〈家〉は「規格化」され「均質化」された。

前章で触れたように（藤井健次郎の分析）、日露戦争後の都市化現象の中で〈家〉の実質はなし崩しに解体されて行くのだが、「戸籍」によって〈家〉が空間的、時間的な「観念性」を持ったことで、イデオロギーとして生き延びることになったと、福島は述べている。

さらに、小山静子によれば、「明治六（一八七三）年に出された徴兵令の免役規定では、免役対象者として戸主・嫡子《ちゃくし》・嫡孫子《ちゃくそんし》・養嗣子《ようしし》があがっていたので、人びとは「家」の存在を急速に意識化していくことになった」と言う。(2)徴兵制のほかに、この戸籍をもとにして、徴税、教育、衛生などの諸制度が機能したので、人々は〈家〉を内面化しないではいられなかったのである。

現在の戸籍法では、夫婦及びこれと氏を同じくする未婚の子ごとに戸籍を編製することになっている（戸籍法第六条）。したがって、子が結婚すると新しく戸籍を作ることになるのである。夫婦を家族の最小単位とみなしているからだ。それでも、戦後GHQによって提案された、戸籍ではない個人登録制と比べると、まだ〈家〉の色彩が色濃く残されていることがわかるだろう。だから、「入籍」は戦前の戸籍法上の用語であり、現在はその実態がないのに、「婚姻届」を出すことを「入籍する」と言う人がいるのである。〈家〉は現在の問題でもある。

〈家〉を作り出したもう一つの法律は、言うまでもなく明治三十一年に施行された明治民法である。明治民法は、大枠としては、江戸時代に人口の数パーセント程度でしかなかった武士の慣習を規範化したものである。明治民法の成立によって、それまでこうした慣習とは無縁であったり、あるいは様々な存在のあり方をしていたりした家が画一的に規定され、村のような共同体を通さず、むき出しの形で国家と対峙させられることになった[3]。

家督とは何か

明治民法は、戸主の強力な権限によって特徴づけられている。悪名高いのが、家族の住むところを指定できる「居所指定権」（第七四九条「家族ハ戸主ノ意ニ反シテ其居所ヲ定ムルコトヲ得ス」）と、家族の結婚を許可する「婚姻の同意権」（第七五〇条「家族カ婚姻又ハ養子縁組ヲ為スニハ戸主ノ同意ヲ得ルコトヲ要ス」[4]である。

たとえば、「居所指定権」を悪用して、戸主が家族の住めないような場所を指定し、それに従わないという理由で不要な家族を離籍し、扶養の義務を逃れようとした例が「極めて屢々現れてゐ」たと言う[5]。つまり「勘当」である。明治民法下では、「勘当」はたとえではなく、現実だったのだ。

「婚姻の同意権」の行使によって、〈家〉のために意に染まない結婚を強いられた例も多くあっただろう。また、親の反対で正式に結婚できず、内縁関係にとどまる例も少なからずあった[6]。前章で触れた、『それから』の代助の政略結婚は前者の典型である。代助が、これを簡単には断れず、断ったら、今度はおまえの面倒はもう見ないと父に言われるのは、すべて明治民法の規定が背景にある。単なる親子の意見の食い違いではすまされないのだ。

家督を相続することは、これらの戸主権のほか、「戸主又ハ家族ノ孰レニ属スルカ分明ナラサル財産ハ戸主ノ財産ト推定ス」(第七四八条)や「夫ハ妻ノ財産ヲ管理ス」(第八〇一条)といった類の財産権をも手にすることなのである。後者は、いわゆる「妻の無能力規定」の象徴である。

特に、サラリーマンがまだごく少数で、農家や自営業や家内手工業的形態が大多数を占めていたこの時代にあっては、第七四八条の規定は大きな意味を持つ。働くのは家族全員だが、それによって得られた収入は戸主一人のものと見なされるからである。だからこそ、戸主は家族に対して扶養の義務を負ったのである。これは、社長が社員を働かせて給与を支払うのとよく似ている。まさに、〈家〉は法人だったのだ。

戸主には、原則として長男しかなれない。家督（戸主権と〈家〉の全財産）は、家督相続に関する第九七〇条の「男ヲ先ニス」という規定によって、実質上長男から長男へとすべてが相続されることになる。長子＝長男単独相続である。だからこそ、「戸主ハ其家族ニ対シテ扶養ノ義務ヲ負フ」（第七四七条）という規定が厳として存在し得たのである。〈家〉の財産を戸主がひとりですべて相続する以上、彼以外には家族を扶養できる人物はいないからである。

では、そもそも戸主は家族の一員なのだろうか。「戸主ノ親族ニシテ其家ニ在ル者及ヒ其配偶者ハ之ヲ家族トス」（第七三二条）。これが家族に関する規定である。これ以降の条文を見ても、戸主と家族とは別々のものとして記述されている。これが、家の中での戸主の地位なのだ。

戸籍の成立に触れて、福島はこうも言っている。(7)

届出人が戸主であることは、戸主がたんに公法的な届出の権利と義務をもったというばかりでなく、明治新政の当初の戸籍調査事業で、彼が主体＝客体的な地位を占めたことを意味する。家族員のばあいは、被調査対象として客体だけの地位であったのに対して、戸主はその届出行為によって家の構成内容を規定し、みずから客体であると同時に、主体性をももっていたのである。

家制度のもとでは、長男としてあることは、戸主か推定家督相続人であることを意味する。家族は、推定家督相続人の順位として序列化されていた。

だが、戸主は単に序列の頂点に位置するだけではない。国家に対して国民という主体になれるのは、戸主だけに許された特権だったのだ。家族は、国民という客体になれるだけである。誤解を恐れずに言えば、長男は、家の中では生まれながらにして貴種だったのである。家督は、長男から長男へ、点から点へと手渡される。それが、〈家〉という名の法人の決まりなのだ。

2 家督相続から始まる物語

円滑にいかない家督相続

漱石はなぜあれ程までに家督相続から始まる物語を、あるいは家督相続をめぐる物語を書き続けたのだろうか。

ふつう、人が人生において、自分が〈家〉に所属し〈家〉をめぐる制度に拘束されていることを強く意識させられる機会は、二回あるだろう。一回は結婚、もう一回は親の死による遺産相続の問題に巻き込まれた時である。明治民法下では特にこの傾向が強かったはずである。漱石文学では結婚問題をめぐる物語が繰り返されるが、それと同じ位の割合で、家督相続から始まる物語もまた繰り返しテーマ化されている。

明治民法下においては、戸主の死や隠居による家督相続と家族の死による遺産相続には明確な区別があって、条文もまったく別に定められていた。つまり、家督相続は、戸主と長男にかかわる特別な問題なのである。

それが円滑に行われるならば、予定調和の物語しか生まれないだろう。しかし、漱石文学にあっては、家督相続はなぜか常に円滑さを欠いている。家督相続のどこかで障害が起きること、そしてそこから物語が紡ぎ始められること、これは漱石文学においてはオブセッションのように繰り返されるのだ。

たとえば『坊つちやん』がそうだ。

母が死に父が死んだ後、〈坊っちゃん〉の兄は家督を相続する。しかし、彼は九州に赴任しなければならない。そこで「兄は家を売つて財産を片付けて任地へ出立すると云ひ出した」のである。家産のすべてを手にしてもよかった兄が、〈坊っちゃん〉へは六百円、清へは五十円を渡した。なるほど「感心なやり方」である。

その後、〈坊っちゃん〉は仲の悪い兄とは絶縁することになっただろうから、「其代りあとは構はない」という兄の言葉通り、六百円は、新しい戸主としての扶養の義務をまぬがれるための手切れ金のようなものだったと言っていい。長男失格であろう。ところが、この六百円が、〈坊っちゃん〉を学校へ通わせ、四国に教師として赴任させることになるわけだ。

『こゝろ』の青年の状況は、ちょうどこれと逆である。

危篤の父を抱えて、やはり九州へ赴任している青年の兄は、次男の青年に向かって、東京から帰って来て「宅《うち》の事を監理する気はないか」と言い出す。青年の家はこの土地の地主のようで、働かなくても十分暮らしていけるらしい。

世の中（つまりは東京だろう）に出ようと考えている青年は、「兄さんが帰つて来るのが順」と答える。長男であれば当然というわけだが、勤めのある兄は一蹴する。迫って来る家督相続に対して、兄弟が二人して押し付け合っている構図である。家督の相続は長男を〈家〉の中の特権階級に仕立て上げる一方で、彼をまちがいなく〈家〉に縛り付ける。

ここには、明治の後期に本格的に形成された都市中間層と〈家〉との葛藤の様態を見て取ることができる。彼らサラリーマンは、この二人の兄弟のように、土地から離れ自由に職業を選択する。それが、新しい時代の立身出世の形だからだ。そして、彼らはその証として「新らしい家」を作る。それが、〈家〉制度をなし崩しに崩壊させてゆくのである。

『門』の野中宗助や『こゝろ』の〈先生〉は、いずれも継ぐべき遺産を叔父に横領された長男である。彼らは、その結婚が罪せられたかのように、子供がいないという点でも共通している。横領で目減りした家産でさえ遺すべき者もいないのである。

家督は長男から長男へと手渡され、守られ続けなければならない。だとすれば、彼らは遺産管理能力の欠如と次代への継承を欠いているという二点で、二重に長男失格だと言えよう。漱石文学の主人公たちに特徴的な、子供のいない、あるいはいても女の子だけという家庭は、〈家〉の継続という意味合いからは大きなマイナス要因となる。〈家〉が法人であるならば、子供が多いことはすなわち〈家〉の繁栄と考えられていたからである。

『門』にもその傾向はあるが、特に『こゝろ』の場合、遺産を横領されたことは、ほかならぬ父の信用していた叔父に裏切られたということと同じ位の重さで、〈先生〉の心の傷となっているふしがある。家産を守ることは、長男の重要な役割だからだろう。

一方、家督の相続に耐えかねるかのように逃げ回っているのが『虞美人草』の甲野欽吾である。

甲野は、数ヵ月前に外国で急死した父の家督をすでに相続しているはずだが、かねて継母の連れ子である妹の藤尾に譲ろうと宣言している。彼はおそらく、遺産だけではなく、藤尾と宗近一とを結婚させたいという父の遺志をも取り次ごうという意図を持っていたに違いない。その意味で、欽吾は長男としての責任を半ば放棄しようとし、半ば果たそうとしている。

『虞美人草』の物語は、こうした欽吾の長男としての姿勢に見合う形で生成する。藤尾母子が遺産だけを望むことで、〈家〉が戸主だった父の遺志とその遺産とに分解されてしまうからである。欽吾に残されたのは戸主権だけということになるが（彼が結婚問題について藤尾に強く出ることができるのは、婚姻の同意権を保持しているからでもあろう）、それが「道義」と名を変えて、遺産だけを手に入れようとする藤尾を締め上げてゆくのが、この物語の主旋律となる。しかし、それは結局、個人の前での〈家〉のあざとさと無力さを見せつけることにしかならない。

父の隠居と家督相続

『それから』、『行人』、『明暗』の三つの小説は、父の隠居による家督相続問題が物語の発端となっている。

『それから』の物語は、長井家の経済状態が多少苦しくなって来たこともあって、自分が隠居することで、次男の代助を扶養する義務を新しい戸主である長男の誠吾に負わせることになるのが忍びないと考えた得が、代助と土地持ちの佐川との政略結婚を思い付いたことから始まる。

この結婚話は決して『それから』のサブストーリーとは言えない。むしろ、この結婚話によって〈家〉からの独立という名の放逐を用意されたことが、上京してきた三千代への恋を生み出す力になっているふしさえ見えるのだ。父の隠居の意向がもたらす物語なのである。

『行人』は、父が隠居して間もない時期の家を描いた物語である。新しい戸主となった大学教授の一郎には、高級官僚だった父程の収入はない。〈家〉はその収入に合わせて縮小されなければならなくなったわけだ。(8)長野家が、下女のお貞の結婚を急ぐのも、娘のお重の結婚を考えるのもそのためである。戸主の代替りは、女たちを次々と〈家〉から放逐するのだ。

そして、ついには次男の二郎が家から出て下宿することになる。二郎がこの手記を書いている「現在」どういう形になっているかはわからないのだが、『行人』とは、長野家から家族が次々と外へ出てゆく物語だったのである。

『明暗』の津田由雄の父も隠居を考えているらしい。「土地」と「家」を見せて、「みんな御前の為だ」という父のはしたなさには、どこか馬の合わない長男を試すような気持ちがあったのかもしれない。

長男である由雄の感想は露骨である。「御父さんが死んだ後で、一度に御父さんの有難味が解るよりも、お父さんが生きてゐるうちから、毎月正確《まいげつ》にお父さんの有難味が少しづゝ解る方が、何《ど》の位楽だか知れやしません」と。家督が完全に財産に還元されてしまえば、こうした言説になるしかないだろう。ここには、単なる遺産相続人としての長男がいるだけだ。これまで見て来た漱石文学の長男たちから、哲学や思想をすべて取り上げてしまったら、こうした寒々とした光景が現れかねない。

『彼岸過迄』の須永市蔵は、家督を譲られ一見楽隠居のような生活をしているが、夫が「小間使」に生ませた子であるために、その母は安心できずにいる。須永の母の不安は、『虞美人草』の甲野の母の不安にも似ている。ただ、彼女や津田のようなはしたない言葉を口にしないだけなのかもしれないのだ。『門』、『こゝろ』と、遺産を次男坊の叔父が横領する話が繰り返されているが、『虞美人草』にもその可能性がある。少なくとも叔父による遺産の管理という構図は暗示されているのだ。

もちろん、家族制度下にあっては、家長の死後その遺産を叔父が管理することはある意味で「自然」なやり方でもあった。問題は、漱石文学ではなぜそれが何度も繰り返され、かついつも円滑にゆかないところにある。つまり、漱石文学にあっては、遺産を管理すべき男と家長であるべき男が分離されているのだ。それはなぜなのか。漱石文学にあっては、長男は単なる遺産管理者ではない何者かなのだ。

家督相続から始まる物語は、常に〈家〉を崩壊の危機に陥れていた。その時、〈家〉を支えていた様々な無意識の制度が露わになる。長男という制度もその一つだった。しかし、家督を遺産にだけ還元したのでは、制度としての長男は見えて来ない。漱石文学にあっては、長男はむしろ見えない制度としてある。そして、制度が見えなくなった時、実はそれは内面化され規範化されているのである。

3　趣味としての長男

遺産を横領する「叔父」たち

『こゝろ』の〈先生〉の遺書の中に、こんな一節がある。

叔父は事業家でした。県会議員にもなりました。其関係からでもありませう、政党にも縁故があつたやうに記憶してゐます。父の実の弟ですけれども、さういふ点で、性格からいふと父とは丸で違つた方へ向いて発達した様にも見えます。父は先祖から譲られた遺産を大事に守つて行く篤実一方の男でした。楽みには、茶だの花だのを遣りました。それから詩集などを読む事も好きでした。書画骨董といつた風のものにも、多くの趣味を有つてゐる様子でした。(中略) 父は一口にいふと、まあマンオフミーンズとでも評したら好いのでせう。比較的上品な嗜好を有つた田舎紳士だつたのです。だから気性からいふと、闊達な叔父とは余程の懸隔がありました。それでゐて二人は又妙に仲が好かつたのです。父はよく叔父を評して、自分よりも遥かに働きのある頼もしい人のやうに云つてゐました。自分のやうに、親から財産を譲られたものは、何うしても固有の材幹《さいかん》が鈍る、つまり世の中と闘ふ必要が

ないから不可《いけな》いのだとも云つてゐました。（下四）

譲るべき家産もない貧しい庶民の〈家〉では、戸主も長男も空しい地位があるばかりで、その実質はさほどなかっただろう。しかし、家産のある〈家〉は別である。この『こゝろ』の一節は、長男と次男との違いを、残酷なまでに物語っている。長男である〈先生〉の父は、「篤実一方」で「上品」。一方、叔父はそうではない。父とは「丸で違つた方」で、それはただ「闊達」というだけではすまされなかった。

叔父は「父の実の弟」。他に叔父が登場していないからこの〈家〉の次男だろう。財産を譲られなかった弟は、兄のようにおっとり生活するわけにはいかなかった。「事業家」で「県会議員」として打って出て、自分の力で「世の中と闘ふ必要」があったのである。結局、この弟は、兄の死後、その跡取り息子から遺産の管理を頼まれて、それを横領した。

たとえば、財産を譲られるということ、財産を譲られなかったということは、こういうことなのだ。『こゝろ』は、実はこの残酷な違いに、物語の種を仕掛けていたのである。

家産と上品な趣味

叔父の横領によって〈先生〉から奪われたものは何だったのか。単純に言えば経済資本である。そのことは、家産が支えていた「比較的上品な嗜好」、つまり文人趣味とでも言うべき嗜好の継承がこれ以上不可能になったことをも意味する。こうした趣味は、〈家〉の中で長い時間をかけてほとんど無意識のうちに形成され、継承される血肉化した慣習《ハビトゥス》なのである。

慣習《ハビトゥス》とは、ある種の文化の型であり、ある階層が他の階層とは違っていることを示す徴《しるし》となる一方、自分たちと同じ慣習《ハビトゥス》を持つ階層をコピーのように再生産する働きを持つ。慣習《ハビトゥス》は、排除と選別の機能を持つのである。

竹内洋は、近代化の途上にあっては「正統なる文化」＝「西欧文化」は「階級の外部」すなわち高等教育によって得られたので、「学歴が文化階級化」されたと論じている。[9] 漱石文学の主要な登場人物で、帝国大学出身の学歴を持たない者は、『坊っちゃん』の〈おれ〉がほとんど唯一の例外で、あとは『門』の野中宗助の京都帝国大学中退が目立つぐらいである。むしろ、問題は、階級の内部の慣習《ハビトゥス》、すなわち、彼らが無意識のうちに身体化していた趣味の方にあった。

〈先生〉が、ある「未亡人」の家に下宿した日のことである。

> 私は移つた日に、其室の床に活けられた花と、其横に立て懸けられた琴を見ました。何方《どつち》も私の気に入りませんでした。私は詩や書や煎茶を嗜む父の傍で育つたので、唐めいた趣味を小供のうちから有つてゐました。その為でもありませうか、斯

ういふ艶めかしい装飾を何時の間にか軽蔑する癖が付いてゐたのです。（下十二）

叔父は遺産のすべてを横領したのではなかったし、〈先生〉もその残りをすべて換金していたわけではなかった。〈先生〉は、父親の集めた「道具類」で残されたものの中から掛軸を「四、五幅」床に掛けて楽しむつもりで新しい下宿先に持って来ていた。〈先生〉が花も琴も気に入らなかったのは、単にそれが「艶めかしい」からばかりではない。彼にはそれらの巧拙を見分ける慣習《ハビトウス》があるからなのである。先の引用（下四）からもわかるように、その「上品な嗜好」は、家産によって支えられていたし、またまちがいなく父から受け継いだものだったのである。

継承され序列化される趣味

『こゝろ』の〈先生〉は一人っ子だから必然的にそうなるしかなかったと考えるのは、一面的にすぎる。こうした「道具類」の象徴的な意味作用は、漱石文学に何度か現われているからである。たとえば『行人』――。

『行人』は、長野家の物語である。その意味は、冒頭、岡田の紹介で進められる下女のお貞さんの縁談話は、傍系の物語か、長野家の物語を映し出す鏡のような役割しか担わないということだ。それは、岡田が母方の遠縁に当たる人物だからである。

縁談話のメッセンジャー（行人）は次男坊の二郎だったが、彼は、母からの「云ひ付け」で岡田を訪ねることにほとんど興味を持っていない。それどころか、かつての岡田を長野家の「書生同様」「自分の宅の食客」と言うばかりで、母方のどういう遠縁なのかをいまだに知らないことをわざわざ書きつけている。

おそらく、岡田が母方のではなく父方の遠縁であって、あまつさえその姓が長野であったなら、二郎によってまで、こうした扱いや、書かれ方はしなかったに違いない。岡田が、母方の遠縁であって、長野家の経済的援助で五年間東京高等商業学校に通った身だからこそ、こうした扱いや書かれ方をするのであろう。岡田は、長野家の中での母方の、いや母の地位を映す鏡のような役割を果たしていた。つまり、長野家の中では、父方の、言い換えれば男の血統が何よりも重んじられているのである。

「食客」当時の岡田は、長野家の「下女達」と親しく言葉を交わしながら、一方で、一郎、二郎といった跡取り息子たちには、彼らが自分とあまり年が違わないにもかかわらず、「一段低い物の云ひ方」をして来た。岡田は、この二人の、一郎、二郎という家の中での序列だけを意味する名を負った青年たちが、この家の中で特別な地位にあることがよくわかっていたからだ。

岡田はもともと、長野の父に高等教育を受けさせてもらっただけではなく、「父が勤めてゐたある官省の属官の娘」であるお兼さんを、「(長野家の―筆者注)父と母が口を利いて」妻としたのであった。その意味で、母方の遠縁の岡田は、この結婚によって長野家の父の縁故を十分に固めたのである。彼が、佐野という男と、すでに長野家の「厄介もの」となっていた女中であるお貞の結婚話の仲介の労を取っているのは、なかば恩返しであり、なかばは長野家に対する自分の地位の再度の地固めでもある。

岡田は、この縁談のメッセンジャーに二郎を、そして仲人には一郎夫婦を指名し、どうやら父が隠居をしたらしい長野家の新しい家長とのつながりを重視している。「母方の遠縁」という弱い周縁的なつながりしか持たない岡田は、だからこそ長野家の中での秩序に敏感でなければならなかったのである。

岡田が、俗臭芬々たる人物だとすれば、それは、佐野の手前、二郎に対する口の利き方が「急に対等になつた」り、「ある時は対等以上に横風になつた」りするやや曲折した態度にもその理由が求められるが、何よりも、こうした態度を一郎に対しては絶対に取らないところにその最大の理由がある。一郎、二郎、つまり、長男と次男という序列の細部に至る違いまで、岡田は十分に計算し尽して対応しているのだ。

この岡田がお兼と結婚する時、長野の父はあたかも暖簾分けででもあるかのようにお目出たい図柄の軸物を与えている。

自分は岡田に連れられて二階へ上つて見た。当人が自慢する程あつて眺望は可なり好かつたが、縁側のない座敷の窓へ日が遠慮なく照り返すので、暑さは一通りではなかつた。床の間に懸けてある軸物も反つくり返つて居た。

「なに日が射す為ぢやない。年が年中懸け通しだから、糊の具合であゝなるんです」と岡田は真面目に弁解した。
「成程梅に鶯だ」と自分も云ひたくなつた。彼は世帯を持つ時の用意に、此幅を自分の父から貰つて、大得意で自分の室へ持つて来て見せたのである。其時自分は「岡田君此呉春《ごしゆん》は偽物《ぎぶつ》だよ。夫だからあの親父が君に呉れたんだ」と云つて調戯《からかい》半分岡田を怒らした事を覚えてゐた。（「友達」二）

二郎はかつて、お兼についても「岡田も気の毒だ、あんなものを大阪下り迄引つ張つて行くなんて。最う少し待つてゐれば己《おれ》が相当なのを見付《めつけ》てやる」とまで母に向かって評したことがあるくらいだから、もともと毒舌家なのだが、それにしてもお兼と言いこの軸物と言い、父が岡田に選んだものにはとにかく文句を付けたいらしいのだ。そこに、次男坊のやはり曲折した心理を見て取ることができる。

長野の父から与えられ、一番いい部屋にいつも掛けられている幅は、いまはもう「反つくり返つて」いて、長野家の父にかつての力はないことを暗示しているが、何よりもいまでも岡田がこの幅を長野の父の象徴のように思っていることを示している。

それは母方の遠縁の岡田が長野家にいた五年間で勝ち得たものであって、長野家の中での自らの地位を映す鏡でもあるのだ。それを「偽物」だと言った二郎の冗談は、あまりに酷だと言わざるを得ない。母方から父方に乗り換えた岡田に、「偽物」の血統を語っているかのように聞こえてしまうからである。

大阪に着いた兄一郎が、『水滸伝』の趣のような話をする。しかし、その趣は「母にも嫂にも通じない、たゞ父と自分丈に解る趣」だと二郎は言う。男だけの目に見えない趣味のネットワークが、この家には張りめぐらされているのだ。だが、その趣味のネットワークにも、さらに序列化があった。

旅館の大広間に仕切りとして立て掛けてあった「六枚折の屏風」についても、二郎は一郎について、「彼は斯ういふものに対して、父の薫陶から来た一種の鑑賞力を有つてゐた」と言う。「其屏風には妙にべろ〳〵した葉の竹が巧に描かれてゐた」という記述と「自分は兄が此屏風の画について、何かまた批評を加へるに違ひない」という記述には、この「鑑賞力」が兄だけに受け継がれたものであることが暗示されている。長男と次男とでは、父から受け継ぐものの質が異なっているわけだ。

結局、下宿することを決めた二郎は、そのことを報告に行くと、父から「床の幅に就いて色々な説明」を受け、下宿先に掛ける軸を、父から暖簾分けのように借りることになる。次男坊の二郎は、長野家の周縁に位置した岡田と同じような地位を選ばざるを得なかった。それが、次男坊の宿命なのである。

趣味があること、ないこと、違うこと

『門』には、酒井抱一の屏風をめぐるエピソードがある。その屏風は、『こゝろ』と同じように財産の管理を依頼された叔父が横領めいたことをしたらしい、その残りの品だった。野中家の長男である宗助は、それだけを叔父の家から持って帰ったのである。

宗助は膝を突いて銀の色の黒く焦げた辺から、葛の葉の風に裏を返してゐる色の乾いた様から、大福程な大きな丸い朱の輪廓の中に抱一と行書で書いた落款をつく〳〵と見て、父の生きてゐる当時を憶ひ起さずにはゐられなかつた。

父は正月になると、屹度此屏風を薄暗い蔵の中から出して、玄関の仕切りに立て、其前へ紫檀の角な名刺入を置いて、年賀を受けたものである。其時は目出度からと云ふので、客間の床には必ず虎の双幅を懸けた。是は岸駒《がんく》ぢやない岸岱《がんたい》だと父が宗助に云つて聞かせた事があるのを、宗助はいまだに記憶してゐた。（四）

屏風はただの屏風ではなかった。野中家の「目出度」席で特別に披露される父の自慢の屏風だった。宗助にとっては、唯一の家の記憶、失われた〈家〉の象徴だと言ってよい。「親爺の記念《かたみ》」と、宗助は妻のお米に説明している。

はじめ六円の値を付けられた屏風は結局三十五円で売り払われた。値を吊り上げることに成功したのは、屏風の価値についてまったく無知なお米の方であって、宗助ではない。しかし、宗助もこの屏風の価値がわかっているわけではない。なぜか。京都帝国大学在学中に勘当同然となった宗助に、もはや長男としての資格がないからに違いない。

『門』の屛風をめぐるエピソードは、趣味としての長男という枠組を裏側から炙り出す役割を果たしている。

『門』のようなケースを実体化して事実と考えてしまうなら、単に文人趣味のない人物がそこにいるにすぎない。だが、なぜ文人趣味がないことがことさらのように強調されて語られなければならないのか。しかも、「親爺の記念《かたみ》」の屛風をめぐって。漱石文学の文法では、長男が文人趣味を持たないことに記号論的な価値があるのだ。

そう言えば、『彼岸過迄』では敬太郎が田口や松本を初めて訪問した際には、必ず床の間の掛軸について言及されていた。たとえば「其所は十畳程の広い座敷で、長い床に大きな懸物が二幅掛つてゐた」（田口の場合）、「床の間には刷毛《はけ》でがしがしと粗末《ぞんざい》に書いた様な山水の軸が懸つてゐた。敬太郎は何処が樹で何処が巌だか見分の付かない画を、軽蔑に値する装飾品の如く眺めた」（松本の場合）という風に。前者と後者の違いは、田口と松本の暮らしぶりの違いだけでなく、この二人の性格の違いをも暗示している。掛軸にはまちがいなく記号論的価値があるのだ。

その意味で、『それから』の代助が、父親の「誠者天之道也」と書いた額を嫌悪することには注目しておいてよい。おそらく代助の意識してはいない理由の一つは、誠之進、誠吾、誠太郎と、この額が長井家の長男の名にだけ織り込まれた「誠」という字について書かれたものだからであろう。しかし、代助の意識レベルを離れて考えれば、「第一字が厭だ」と感じるように、文人趣味をわずかに共有しながらも、圧倒的な西洋趣味を身に付けた代助と父親との断絶をむしろ暗示している。それがこの額の記号論的価値なのだ。

4　気質としての長男

長男と次男坊の「人格の鋳型」

『坊っちゃん』の兄は、「元は旗本」だという〈家〉を畳んだ。彼は〈家〉を売っただけではない。「兄は夫から道具屋を呼んで来て、先祖代々の瓦落多《がらくた》を二束三文に売った」のだ。

漱石文学にあっては、自ら「道具」類を売り払い、趣味人たることを放棄するたぐいの長男は長男たる資格を持たないのだった。だからこそ、〈坊っちゃん〉は「親譲りの無鉄砲で」と誇らしげに語り始めるのだ。「元来女の様な性分」の兄に代わって、「頑固だけれども、そんな依怙贔屓はせぬ男」である「おやぢ」の「江戸っ子」気質を受け継ぐのはまちがいなく自分なのだ、と。この「江戸っ子」気質こそは、失われてしまった〈家〉に代わる血統のメタファーなのである。

前節で引用した『こゝろ』の一節（下四）に再び戻ってみたい。ここでは、「比較的上品な嗜好を有つた田舎紳士」である長男と、「闊達」な次男との気質の対照が、宿命的なものであるかのように語られている。

川島武宜は「家族秩序の中での人間関係にその生活の大部分をおくる人々は、この家族秩序に固有なものの考え方、固有な行動様式に拘束される」と述べている。[10] 再び引用するなら、鹿野政直はもっとはっきりと、家の「『序列』意識は、一家内のそれぞれの位置に応じた人格の鋳型を準備した」と述べている。[11]

ここで、漱石文学における長男の気質や次男の気質を類型化したいのではない。問題にしたいのは、どのような気質であれ、気質が〈家〉のメタファーとして受け止められ、それを受け継ぐことがあたかも長男の証であるかのように考えられているということなのである。『行人』の一郎が苦しんでいるのも、実はこの点にある。

長男は家族ではない

一郎は、妻の直の気持ちを尋ねて、二郎に向かって「けれども二郎御前は幸ひに正直なお父さんの遺伝を受けてゐる」と言う。「遺伝とか進化とかに就いての学説」に並々ならぬ関心を持つ一郎の言葉であってみれば、単なるレトリックではないだろう。だから、その後で、昔父がメッセンジャーとしていい加減なことしかしなかったというエピソードを聞くと、一郎の二郎への評価は逆になってしまう。妻お直の貞操を試すメッセンジャーとしては、二郎もやはり信頼できないというわけだ。

一郎は、「二郎お前はお父さんの子だね」と詰問し始めるのである。一郎は、二郎に「お父さん」同様に「摯実《しじつ》の気質がない」ことを責め、ついには「お父さんのやうな虚偽な自白を聞いた後、何で貴様の報告なんか宛にするものか」と言い放つ。この時の一郎の「お父さん」の気質の継承者としての二郎へのこだわり方は、ほとんど異様でさえある。二郎自身も「自分は性質から云ふと兄よりも寧ろ父に似て居た」という自己認識を持っている。一郎が許せなかったのは、妻のお直との仲だったのか、それとも、次男にもかかわらずあまりに父と似ている二郎の気質の方だったのだろうか。


「おい二郎何だつて其んな軽薄な挨拶をする。己と御前は兄弟ぢやないか」

自分は驚いて兄の顔を見た。兄の顔は常磐木《ときはぎ》の影でみる所為《せゐ》か稍《やや》蒼味を帯びてゐた。

「兄弟ですとも。僕はあなたの本当の弟です。」　（「兄」十九）

なぜ、一郎は、「己と御前は兄弟ぢやないか」などと問い、二郎はそれに「僕はあなたの本当の弟です」などと答えてしまったのだろうか。この応答の意味が二人の間で問われることはないが、この応答が暗示してしまうのは、二人は本当の兄弟ではないということにほかならない。父と気質が似ているのが二郎だとすれば、血統の同一性を持たないのは一郎の方なのである。ここには、一郎の隠された継子幻想が炙り出されている。これが、戸主／長男であることの意味なのだ。

実は、一郎は「長男に最上の権力を塗り付けるやうに育て上げ」られていた。長男として育てられれば、家族ではなくなってしまう宿命。〈家〉の中で長男として生きることは、一つの悲劇だったのだ。

第三章　なぜ主婦ばかり書いたのか

1　主婦の歴史性

主婦は明治二十年代から

漱石は、主婦を書き続けた。職業に就いた既婚女性は一度も書かなかった。このことは、この当時の時代状況を考えると、決して自然なことではない。当時は、まだ既婚女性も農業をはじめとした家業に従事するのがふつうだったからである。しかも、漱石が小説を書き始めた日露戦争後は、八万人以上が戦死して戦争未亡人が大量に出たことから、万が一の時のために女性にも職業が必要だという「婦人職業問題」が社会的にも話題になっていたのである。

では、なぜ主婦なのか。漱石自身がそういう家庭しか体験しなかったから主婦しか書かなかったというのが、この問いに対する最も単純な解答だが、それでは漱石文学の中での主婦の意味や、主婦の文化的な意味は見えてこない。

そもそも、主婦はいつから存在したのだろうか。もちろん、江戸時代とて武家の家には実態として「主婦」がいた。「主婦」という言葉もあったが、一般的ではなかった。主婦という言葉が広がるのは明治期で、イギリスのビートン夫人の『家政読本』の翻訳『家内心得草』（明治九年）で翻訳語として登場したことがその契機となったとされている。これが、明治二十年代後半になると主婦の語がかなり用いられるようになることも、すでに牟田和恵による指摘がある。(1) 上野千鶴子も「『主人』と『主婦』が対語として登場するのは明治二〇年代である」としている。(2)

巌本善治《いわもとよしはる》の「主婦諸君は即ち其の（「家庭」の—筆者注）総理大臣なり」（『太陽』明治二十九年五月）というマニフェストは最も有名な使用例の一つだろう。明治期を通して、家政が国政の比喩で語られることはごく一般的に行われていた。それは、「男は社会に、女は家庭に」という形での「役割分担」の理念を、言説がなぞったものである。

たしかに、たとえばそれはこんな風に現れる。

> 一家の事務大別すれば二となる曰く収入の為に働《はた》らく者曰く支出の為に働《はた》らく者是れなり収入の為に働《はた》らく者は多く活発《くわつぱつ》に外に出でゝ事《こと》を執《と》る者なり支出の為に働《はた》らく者は多く内に在て事を執《と》るものなり而して家政整理は主として此の支出の為に働《はた》らくものなり衣食住を製し家人を監督《かんとく》し養育、教育、衛生等の事を指揮《しき》し或は来客を接待《せつたい》し或は他人を訪問《はうもん》する等尽《ことご》とく支出に属《ぞく》する事務のみ乃はち資産を生産《せいさん》《ツクリイダス》するにあらずして専ら資産《しさん》を消費《せうひ》《ツカヒヘラス》するのみなり

此の如く消費の任に当り一家の生計を処理《しより》する者は細心緻密《さいしんちみつ》に常に内に在て親《みづ》から全般の事務を処理する者ならざる可らず又一家に主として家人を指揮監督し他人に対しては一家を代表して応ずることを得る者ならざる可らず而して此の如き者は一家の内に主婦《しゆふ》を措《お》きて他に其人無し勿論一家の主人たる人も亦此等の事務《じむ》を為すこと能はざるにあらざれども別に一家収入の為に働《はた》らかざる可らず収入の為には営業の総理《そうり》と為り自から衆に先《さき》んじ外に出でゝ働《はた》らくことを常とす而して此事は婦人適《てき》当《とう》の事にあらず故に夫は外に出でゝ働《はた》らき主として収入の事務を執《と》り妻は内に処《お》りて家政を理《おさ》め以て支出の事に従ふ是《こ》れ分業の方法を得《え》たるものなり況や厨下《かつて》に料理《れうり》を指揮《さしづ》し若しくは子女の衣服を世話《せわ》するが如き其他嬰児《こども》の養育、老人の看護《かんご》、僕婢の風儀監督の如きは主人に適《てき》せずして最とも主婦に適するの職務とす故に家政整理の職は主婦の任《にん》として上下貴賤となく之を実行《じつかう》し一家の盛衰汚隆《せいすゐをりゆう》は多く主婦其の人の善悪よりして別《わか》るゝを常とせり

これは坪谷善四郎の『家政整理法』（博文館、明治二十五年七月）という書物の中の一節だが、「消費」者としての主婦の規定といい、「分業」の認識といい、のちの主婦のあり方をこの時期に先取りしている趣なのである。

明治も三十年代に入ると、「主人は総理と外務とを兼ね、主婦は内務と大蔵とを兼《かね》たやうなもので」（福田滋次郎『家庭顧問』北隆社、明治三十六年九月）といった言説がむし

ろ一般的になる。

主婦は分業を前提とする

こうした動向にもかかわらず、明治年間には主婦という言葉は主流とはならなかった。たとえば、国立国会図書館の目録でも、この時期主婦の名を冠する書物は数冊しか登録されていないし、マイクロ版の『明治期婦人問題文献集成』（日本図書センター）でも、タイトルに主婦の付く書物は三百十八点中わずかに『主婦の職分』（明治四十年）、『主婦之修養』（同）、『実用女訓少女と花嫁と主婦』（明治四十四年）の三点しかなく、いずれも明治後期の刊行なのである。

明治年間を通じて圧倒的に多いのは「婦人」である。雑誌のタイトルも同様で、「婦人」の付くものは『婦人世界』や『婦人界』などかなりの数に上るのに、「主婦」の付くものは大正六年の『主婦之友』の発刊まで待たなくてはならないのである。これは、どういうことを意味しているのだろうか。

下田歌子に『婦人常識の養成』（実業之日本社、明治四十三年七月）という菊判六百十一ページの大著がある。下田歌子と言えば、華族女学校学監兼教授、のち学習院女学部長として、女子教育のというよりも、女性の体制イデオローグの代表格に位置づけられている。その下田はブック・メーカーでもあって、生前に数十冊の本を刊行したが、これはその中の一冊である。

この書物の中に「主婦としての婦人」という章が設けられている。下田は、「世の中の進むにつれて、人のする仕事は益々分業的になつて参ります」と、「分業」を社会の「進歩」の象徴のように語っている。そのうえで、夫婦の「分業」についてこう述べている。

　然るに、夫婦の間の仕事は、昔から、画然《ちやん》と分業的になつて居るので御座います。即ち何時の世、如何なる時でも、夫は外に出で、活動し、婦《つま》は家に在つて内を整理すると云ふ考へが、誰れに教へらるゝとなしに、夫婦の間に考へられて居り、且行はれて居りました。

これは端的に言って嘘であり、「伝統の発明」と言いたくなる一節である。ところが、この「分業」を前提として、「主婦が一家の家族を調和し、保護して行くのは、大小軽重の差こそあれ、恰も一国の大臣が上を助け下を治めて行くのと同じ道程」だという説明が来るのである。おそらく、この時期の女性の修養書（女訓もの）や実用書は一つの理想像へ向けて書かれていたのである。

　先の坪谷善四郎『家政整理法』にせよ、この下田歌子の『婦人常識の養成』にせよ、「主婦」を一つのカテゴリーとして独立させるためには、「分業」という前提がなければならなかった。上野千鶴子の言うように「主婦」が「主人」とセットになって言及される理由もそこにあった。

しかし、この時期完全に「分業」をなし得る家庭は決して社会の多数派ではなかったはずである。「主婦」と「主人」が「分業」をなし得るためには、「主人」がサラリーマンであることが前提となる。しかし、そうした新中間層と呼ばれる階層が成立したのは、日露戦争後から第一次世界大戦を経る一九一〇年から一九二〇年代にかけてである。

伊東壮の調査によると、大正九年（一九二〇年）において、全国の新中間層は七〜八パーセントにすぎなかった。しかし、都市部では、明治四十一年（一九〇八年）の五・六パーセントに対して、大正九年には二一・四パーセントに達していたという(3)。これが、大正六年に『主婦之友』という雑誌を誕生させた背景であった。

主婦は、「分業」を可能とする都市の中間層という階層が現実に大量に存在しない限り、成立し得なかった。主婦とは大正期の「発明」だったのである。

良妻賢母主義と女子教育

「主婦」はどのような言説で編成されていたのだろうか。

「良妻賢母」と言えば、この時代の「婦人」のあり方を強力に規定するほとんど唯一の言葉である。女子教育については、明治二十年代までの欧化主義の開明的な女子教育思想と、明治三十年代以降の良妻賢母主義の女子教育思想との違いを強調するのが定説だったと言っていい。

しかし、岩堀容子は、欧化主義の女子教育を主導した『女学雑誌』（明治十八年創刊）を再検討することで、「主婦」の「役割」を「固定」することによって、この時期の女子教育が早くも良妻賢母主義の原型を作り上げていたと論じている。(4)「分業」という観点から見て、説得力のある説明である。理念としての良妻賢母主義は、明治の早い時期から成立していたのである。

良妻賢母主義に思想的な背景を与えたのは、たとえばハヴロック・エリス流のいわゆる「性差心理学」である。(5)これは、男女の生理的、心理的な違いを「科学的」事実として説明したものである。

この思想が、「実際、男と女とを研究してみますると、身体、精神其他の方面に於いて、巧みに分業に適する様になつて居ります」（『婦人常識の養成』）といった言説を生み出すのである。それは、「家庭を治め、家族を整える事は、即ち、国家社会の基礎を作る」とか、「良妻賢母主義と人格養成主義とは、完全なる国民としての婦人を作る」（同前）といった言説につながる。

良妻賢母主義は、単に女性を家庭に閉じこめる機能を果たすのではない。女性を「国民」として統合するためのイデオロギー装置だったのである。家政が国政の比喩で語られるのもそのためだ。

明治三十年代は、明治二十年代に減少傾向にあった女学校が、明治三十二年の高等女学校令を受けて激増に転じる時期だが、その多くは良妻賢母主義の教育を旨としている。

学校での宗教行事を禁じたために、キリスト教系の高等学校が衰退したからである。女子の高等教育が転換期を迎えるのは、第一次世界大戦後、すなわち漱石文学以後である。主婦をめぐる言説について考えるためには、高名な著者の書いた書物を読むよりも、無名、あるいは匿名の言葉を見た方がよい場合が多い。下田歌子の言説は、良妻賢母主義のイデオロギー性を知るためには優れた資料の一つだが、女性に身近な言葉を知るためにはやや生硬にすぎるきらいがある。そこで、一例として、『婦人世界』の大正七年一月号に付録として付された「婦人生ひ立ち双六《すごろく》」を見てみたい。

明治から昭和の中頃まで大量に作られた双六にはあらゆるジャンルがあって、その実態を知ることはもはやできそうにもないが、家庭にかかわる双六にはどうやらいくつかのパターンがありそうに思える。

第一は立身出世ものとも言うべきもので、大臣や博士となって上がりとなるものから、伊藤博文や楠木正成などの同時代人や歴史上の人物の一生になぞらえたものなどがある。第二は、戦争もので、日清、日露戦争もの、植民地ものなどになる。これらはいずれも男子が対象になっていることは言うまでもない。

第三は、遊園地や園芸などの趣味を用いた趣味ものとでも名づけたいもので、男女兼用ということになろうか。そして、第四に女子、婦人を対象とした家庭ものとでも名づけたい一群がある。女性の一生を双六にしたものである。「婦人生ひ立ち双六」はその中の一つである。

明石精一画　　# 婦《ふ》人《じん》生《お》ひ立《た》ち双《すご》六《ろく》　　高信峡水案

婦人世界新年附録

この双六は、「ふりだし」（幼児《をさなご》）から左右対称に振り分けて進む具合にできていて、右が悪、左が善、そして真中に「誘惑」「病気」「悔悟」という三つの障害物コーナーが設けられている。右と左とをセットにして順に見てゆくと、盲愛／慈愛、我儘／規律、贅沢／質素、ひがみ／従順、女中任せ／家庭教育、軽卒《ママ》／克己、邪慳／深切、高慢／敬老、怠惰／勉強、煩悶／修養、落第／信仰、そして「上り」（結婚）である。これらはきちっと対をなしていないところもあって、必ずしもできのいい双六とは思えないが、ここには当時の女性修養書や実用書の用いるレトリックがみごとに集約されていると言ってよいだろう。

たとえば明治後期に刊行された実用書『家庭の栞 婦人文庫』（大日本家政学会、明治四十二年九月）は千七百ページ近い大冊だが、特に「娘の巻」のパートの目次には「修学」「修養」「親切」「順従」「節倹」「忍耐」「宗教」など、先の双六のレトリックがほとんど出揃っている感がある。これらは、「結婚」後、どのような言葉に収斂するのだろうか。

「愛情」は男の言葉なのだろうか

この『婦人文庫』は十七のパートから成っているが、その一つに「主婦の巻」（項目執筆は日本女子大学校教師・松浦政泰）がある。そしてその中の「第五章　主婦と夫」に「第五節　愛せらる丶法」という節が設けられていて、「愛せらる丶に必要の資格は左の四個である」として箇条書きに挙げている。

愛情　十分に其心の内に愛情を湛えねばならぬ。
温順　柔和にして従順でなくてはならぬ。
誠実　飽迄正直であつてつゆ邪念邪情を有してはならぬ。
無邪気　にしてあどけない所がなくてはならぬ。

あるいはこんな例も挙げておこう。

『食道楽』で有名な小説家の村井弦斎《むらいげんさい》は、また『増補・婦人の日常生活法』（実業之日本社、明治四十年五月）などの実用書の著者でもあったが、その彼に『婦人及男子の参考』（実業之日本社、明治四十三年七月）という男女論がある。この本は下田歌子の『婦人常識の養成』と刊行時期も装幀もほとんど同じで、シリーズとして意識されていたのかもしれない。そこで村井弦斎は「夫婦情愛論」を展開しているのである。さらに三輪《みわ》田《た》元道《もとみち》の『家庭の研究』（服部書店、明治四十一年九月）を追加してもよい。そこには「愛」という項目がまちがいなく立てられている。

ところが、その養母で、三輪田高等女学校の創立者である三輪田真佐子の『新家庭訓』（博文館、明治四十年四月）となると、ほぼ同じ時期の刊行にもかかわらず、「愛情」については特に触れられていないのである。

先の下田歌子の『婦人常識の養成』は、「手芸」「音楽」「遊芸」「装飾」「交際」「趣味」

などに幅広く言及し、この時期の類書と比べても進歩的な一面も持ち合わせているのだが、それでも「愛情」については特記していない。下田の本では、「婦人の十徳」という章にさえ「愛情」は挙げられていないのである。

あるいは、「女子から愛情を取り去れば其女子は既に女子たるの資格を失つたも同然（中略）愛情以外に女子の為すべき仕事は殆ど発見することが出来ない」（池田常太郎『女子乃王国』東京堂、明治三十六年六月）とか、「慈愛心に乏しいものであつたなら、主婦として皆無《かいむ》資格の無いものと断定することが出来る」（松平正直「主婦の資格」『主婦の職分』手島益男編、新婦人社、明治四十年五月）といった言説を挙げておいてもよい。

これら数冊の女性修養書あるいは実用書の類の書物が物語っているのは、「愛情」問題に言及するのは男性の執筆者だという奇妙な事実である。これは、そのほかの多くのいわゆる「近代女訓もの」にある程度共通して言えることなのである。

「婦人」から「主婦」がカテゴリーとして独立してゆくこの時期、「愛情」イデオロギーが誰の手によって作り上げられていったのか、考えておかなければならないことだろう。

『由利旗江』が暴く家族愛の思想性

少し時代をずらして考えてみよう。岸田国士《きしだくにお》に『由利旗江』（朝日新聞社、昭和五年三月）という小説がある。(6) 由利旗江《ゆりはたえ》はこの小説の主人公である。彼女は、結婚と自由とを同時に手に入れるために、職業に就くことと別居結婚とを考える女性である。別居結婚は、女性の自立のための方法の一つとして、当時一般にも考えられていた。

その旗江は、男性は「妻に向かつては、愛情と無関係な問題にさへ、愛を要求する」と言う。


「例へば、夫に云はせると、夜遅く帰るのは愛がないからぢやないんですわ」

「勿論ですね、それだけなら……」

「ところが、妻の場合だと、お料理が下手なのは、愛がないからなんですわ」


この旗江の議論は、夫婦における愛の二重基準をみごとに突いている。

現代の家族社会学者である山田昌弘は、近代家族では家族愛は無言のうちに女性に強制されていて、たとえば「家事労働」も「愛情」によって意味づけるように強いられているのだと説いている。

つまり、「家族愛」とは、女性にとって決して当然なものではなく、イデオロギーの一つの形態にすぎないということになる。[7] 家族愛は、女性ジェンダー化されていたのである。旗江は、わかりやすい言葉で、このことを暴いているのだ。

旗江の友人の夫は、「夫婦の愛は空気の如きものだ」と語る。これこそがイデオロギーの最も優れたあり方だということは言うまでもないだろう。この友人は、夫が一人で勝手に旅行をしても「待つ愉しみ」があると言う。旗江はそこに「完全に征服された一個の女性」を見る。この旗江の感想は当たっている。友人の中で行われているのは、みごとなまでのイデオロギーの内面化だからである。

これらのことが提起しているのは、女性の主体の問題である。「あたくし、その人の前で、もっと、自分の力が欲しいんです」と語る旗江は、女性の主体が女性の手によって作られるのでなく、「愛」の名の下にどこか別の場で作られることを直観していたのである。

近代家族では家族愛がイデオロギーとして規範化していることはよく知られているが、(8)漱石の時代、家族愛は女性の「仕事」だったのである。しかし、漱石文学には、ついに「愛」を自然にできなかった夫婦ばかりが登場する。それは、〈家〉の中で、経済的背景を持たない女の主体をめぐる闘争でもあった。

2　主婦のアイデンティティー

「愛」を求め合う夫婦

『道草』は、健三という大学教授（らしき人物）とお住という夫婦の葛藤を描いた小説である。当然のことながらお住は主婦である。このお住を語る地の文の記述に微妙な綾があるのだ。

小説のはじめの方に、健三が風邪を引く場面がある。朝起きてみると、どうやら昨晩からの風邪が治っていないことに気づいた健三は、いつもはご飯を三膳食べるところをこの日は一膳しか食べなかったり、お住の前でことさらに咳をしてみたりするのだが、彼女はいっこうに取り合う気配がない。

> 健三はさつさと頭から白襯衣《ワイシャツ》を被つて洋服に着換へたなり例刻に宅を出た。細君は何時もの通り帽子を持つて夫を玄関迄送つて来たが、此時の彼には、それがたゞ形式丈を重んずる女としか受取れなかつたので、彼は猶厭な心持がした。（九）

実は、当時の礼法においても「心」がこもっておらず「形式」だけのものはしばしば批判されていた。下田歌子の『婦人礼法』（実業之日本社、明治四十四年七月）でも、「呉々も、人は幼いうちから、形式ばかりで無い、精神的礼儀を修めしむることが肝要」と述べられている。だから、健三の「厭な心持」は、当時の女訓ものの言説とも重なり合っていた。

問題は、ここで地の文が暗示しているのが、そうした倫理問題とは別の次元の、健三の「愛情」への願望だという風に見えてしまうところにある。もちろん、この夫婦が愛情表現が下手で葛藤を繰り返していることはまちがいない。しかし、日常的な作法の一つ一つにまで「愛情」の欠如が暗示されてしまうのには、イデオロギーとしての主婦愛が規範として隠されていなければならないだろう。

これは、健三だけの心性ではない。その後、風邪が悪化して熱にうなされた健三は、「彼方《あつち》へ行けの、邪魔だの」と、お住に言ったらしい。健三はそれを覚えていないが、お住にとっては大問題なのだ。

「そりや熱の高い時仰しやつた事ですから、多分覚えちや居らつしやらないでせう。けれども平生からさう考へてさへ居らつしやらなければ、いくら病気だつて、そんな事を仰しやる訳がないと思ひますわ」

斯んな場合に健三は細君の言葉の奥に果してどの位な真実が潜んでゐるだらうかと反省してみるよりも、すぐ頭の力で彼女を抑へつけたがる男であつた。（中略）

「よござんす。何うせあなたは、私を下女同様に取り扱ふ積りで居らつしやるんだから。自分一人さへ好ければ構はないと思つて、……」

健三は座を立つた細君の後姿を腹立たしさうに見送つた。彼は論理の権威で自己を伴つてゐる事には丸で気が付かなかつた。学問の力で鍛へ上げた彼の頭から見ると、この明白な論理に心底から大人しく従ひ得ない細君は、全くの解らずやに違なかつた。（十）

『道草』は、「彼は論理の権威で自己を佯つてゐる事には丸で気が付かなかつた」というような、健三を批判的に語る文がかなりの数書き込まれている。[9]それが〈読者〉の位置になる。この引用では、〈読者〉は健三の自己欺瞞と、さらにそれに気づいていない健三の自意識との両方を手にする。健三は、本当はお住の言いたいことがよくわかっているのである。しかし、よくわかっていることに彼自身が気づいていないのだ。

そのために、健三のお住への要求は常に無言でなされることになる。「妻は無条件で夫に愛情を示すべきだ。しかし、その愛情に応えることは俺の『頭』が許さない。まちがっているのはお住の方なのだから……」。健三の言い分は、おそらくこんなところではないだろうか。

夫婦は「教師」と「生徒」だと言うが

お住の言いたいことは、たとえばこんな事であろう。

> 時にはやさしい言葉もかけられ、満足らしい御顔をも示して下されてもよいものと思ふ。私が全力をあげて家庭に尽して居るのも誰のためでせうか。
>
> 次にお願ひ申したきは、私にもし欠点あらば、（中略）御気付の度ごとに教へて下さる事を望みます。

（「社説　妻に代つて夫に呈する書」『婦女新聞』明治三十五年四月十四日）(10)

お住は別のところで、「ぢや貴夫《あなた》が教へて下されば好いのに。そんなに他《ひと》を馬鹿にばかりなさらないで」（八十四）とも言っていた。夫と妻は、いわば「教師」と「生徒」の関係にある。実は、そのことも健三の身を強ばらせているのである。健三が家計の不足を補うために非常勤をこなして得た報酬をお住に渡す場面は、こんな風に書かれている。

其時細君は別に嬉しい顔もしなかつた。然し若し夫が優しい言葉に添へて、それを渡して呉れたなら、屹度嬉しい顔をする事が出来たらうにと思つた。健三は又若し細君が嬉しさうにそれを受け取つてくれたら優しい言葉も掛けられたらうにと考へた。（二十一）

先の「呈する書」からもわかるように、この当時、「優しい言葉」は男の口からは出ないのだ。女性の修養書の説くところによれば、お住に非のあることは言うまでもない。特に、「学者」の妻は夫が「研究」のために「頭脳」を使うのだから、「従順に、而《そ》して能く辛苦に堪ゆる事」が求められていたから（「学者の許に嫁する婦人」『花嫁の準備と実務』東京婦人学会編、二松堂書店、明治四十三年四月）、その点でもお住は主婦失格ということになる。

一方、先の「呈する書」には「雇い女に対する如く」に接する夫に対する不満も書き込まれていた。それは、『道草』の引用にあるように、お住の不満でもあった。「雇い女」つまり「下女」と同じということは、妻が交換可能だということを意味する。家事労働者として以外は、〈家〉には妻のアイデンティティーはないことになるのだ。

お住の不満は、当時の妻に共通するものだった。大学教授という当時として超一流のエリートである健三の自意識も、二人の関係をよりいっそう捻れさせている。では、その捻れた関係の中で、お住はなぜ健三とほとんど対等に渡り合えたのだろうか。

逆説的に聞こえるかもしれないが、その理由の一つは、彼女が健三に能動的に働きかけないことにある。彼女が働きかけないことが、健三の解釈を誘い、言葉を飲み込ませ、二人の関係を心理劇に仕立て上げるのである。

当時、女性の受動性はその本質として広く信じられていた。女性の礼法も、むやみに動くな、むやみに表情に出すなと説いていた。それは女性を抑圧する文化的言説そのものだが、そのように受動性の中に押し込められた女性には、おそらく文化の側が予測し得ない意味を持ち得た。

その後で激しい嚔《くさみ》が二つ程出た。傍にゐた細君は黙つてゐた。健三も何も云はなかつたが、腹の中では斯うした同情に乏しい細君に対する厭な心持を意識しつゝ、箸を取つた。細君の方ではまた夫が何故自分に何もかも懸隔なく話して、能働的に細君らしく振る舞はせないのかと、その方を却つて不愉快に思つた。（九）

ここでは「黙つてゐ」るお住の、「何も云はなかつた」健三のそぶりがお互いに、しかも同時に、そのそぶりを見ていることと見られていることの両義性を保ちつつ、二人の心に響きあうのである。この時健三には、お住への反感と、同情を求める気持ちとの両方が起きている。お住にしても同じことである。しかし、お住が何もしないことによって、健三に心理的な葛藤が生じているのだ。健三は、そこで動けなくなる。

しかも、夫が「教師」であって妻が「生徒」であって見れば、この場合「能働的」に振る舞わせない責任は夫の方にあることになる。お住の「不愉快」は十分すぎるくらい健三に伝わっているのだから。

当時の妻の教えは、まず夫に従えということであった。お住は「弱者」であることを逆手にとって、健三に心理的な負債を背負わせることができるのである（もっとも、この夫婦の場合は、たまにお住が「能働的」に振る舞うと、今度は健三がそれを「技巧」と解釈してお住の行動を封じ込めるという、この夫婦に固有の関係があることは事実だが）。

内面化された実家の父

お住が健三と互角に渡り合えるもう一つの理由は、彼女の父の存在である。

「遠い所から帰つて来」た健三に、すでに縁を切ったはずの養父の島田が、吉田という男を介して「御出入り」を願い出る。健三は島田を嫌いながらもそれを断ることができない。渋々承知した健三に、お住は「あなた島田と交際《つきあ》つても好いと受合つて居らしつたやうですね」と、諷諫の意を込めて問いかける。健三はこんな風に答える。

「御前や御前の家族に関係した事でないんだから、構はないぢやないか、己一人で極めたつて」（十四）

この「御前の家族」とは、お住の実家を指している。健三はなぜ突然妻の実家を持ち出すのだろうか。健三の苛立ちは、明らかに目の前の妻にまつわりつく岳父の影に向けられている。

お住の価値観や人生観がどこで作られたのかを説明する文章が七十一章にある。「筋道の通つた頭を有つてゐない彼女には存外新らしい点があつた。彼女は形式的な昔風の倫理観に囚はれる程厳重な家庭に人とならなかつた」。落ちぶれた岳父が健三の前に現れるのは、まさにこの章においてである。

それまで異なる環境で育った男女の結婚生活は、いわば異文化に接したカルチャー・ショックに似ている。岳父は、健三にとって異文化であるお住のアイデンティティーの拠り所なのである。

『道草』では、社会人としての健三の像は背景化されていて、小説中の健三の像はお住の身の丈にまで切りつめられている。しかし、背景化された社会人としての健三の像が、この夫婦にとって意味が軽いということではない。お住の価値観は、岳父の価値観そのものであってみれば、岳父の影はこの夫婦の関係に常に現在形としてあると言っていい。岳父は、健三の社会人としての像を映し出す鏡のような役割を果たしている。

妻であるお住の目に映る健三の像が、家庭人としての「偏屈で強情な夫」から、社会性を帯びた「偏屈な学者」までの幅を持つのは、まさにこのためである。そこに結ばれる像は「学者は多く世事に無頓着」（前出『花嫁の準備と実務』）という「学者」の類型そのものだが、岳父の影はこの像にリアリティーを与えている。

健三の所へ嫁ぐ前の彼女は、自分の父と自分の弟と、それから官邸に出入する二三の男を知つてゐるぎりであつた。さうして其人々はみんな健三とは異《ちが》つた意味で生きて行くものばかりであつた。男性に対する観念をその数人から抽象して健三の所へ持つて来た彼女は、全く予期と反対した一個の男を、彼女の夫に於て見出した。彼女は其何方かゞ正しくなければならないと思つた。無論彼女の眼には自分の父の方が正しい男の代表者の如くに見えた。彼女の考へは単純であつた。今に此夫が世間から教育されて、自分の父のやうに、型が変つて行くに違ひないといふ確信を有つてゐた。

案に相違して健三は頑強であつた。同時に細君の膠着力も固かつた。二人は二人同志で軽蔑し合つた。自分の父を何かにつけて標準に置きたがる細君は、動《やゝ》ともすると心の中で夫に反抗した。健三は又自分を認めない細君を忌々しく感じた。

（八十四）

結婚前に異性とつき合うことなどできなかった当時の「上流階級」の女性にとって、父の存在は絶対である。もし、お住にとって父の存在がこれほど大きくなかったら、健三との仲はここまで拗れなかっただろう。

これも逆説に聞こえるかもしれないが、お住が健三と対等に渡り合えるのは、実は彼女のアイデンティティーが健三との家庭にはないからなのだ。このことは、妻の実家の経済力がものを言うといった類のことではない。お住の父はすでに零落している。それでも彼女の心の拠り所であり続けるのだ。

嫁いだ以上、その家を自分の家と思い、実家よりも大切にしなければならないと説くのは、当時の女性修養書の常識である。その逆を生きるお住は、決して反道徳的とは言えない。経済的背景を持たない主婦にとって、父の価値観を内面化すること以外に、主体を守る方法はなかったからだ。

当時のホモソーシャルな社会においては、結婚とは〈家〉と〈家〉同士の、いやもっと端的に言えば、家長という男と男同士が女を交換する制度だった。女性には、彼女自身のアイデンティティーを持つことは許されない。

主婦のアイデンティティーはいつも〈いま・ここ〉にはなく、どこか別の場所にある。それが、主婦の宿命なのだ。

3　主婦と愛情

夫婦に「愛」はあり得るか

『明暗』には、こんな一節が書き込まれている。

彼女は主婦として何時も遣る通りの義務を遅いながら綺麗に片付けた。（五十八）

「彼女」というのは主人公の津田延で、夫の由雄と新婚生活を始めて半年ばかりのところである。彼女は「恋愛」について義妹と議論し、由雄の「絶対」の「愛」を求めることを高らかに宣言する女性だった。そこには、「愛」の言説をめぐる女としての闘争がある。漱石が『明暗』で試みようとしていたのは、イデオロギーとしての主婦をテーマ化することではなかっただろうか。『明暗』には主婦が登場するのだ。

そのお延が、家庭の中で〈愛〉を実現しようとするのである。漱石の小説の中で、『明暗』ほど〈愛〉という言葉の頻出するものはない。『明暗』は、主婦と〈愛〉というテーマに挑んだ小説ではなかっただろうか。

津田夫婦は、〈愛〉について試されている。彼らは、実の親ではなく叔父夫婦に育てられたという共通の経歴を持っている。感性の枠組みを決定した親と法律上の親とが別々なので、家庭の機能を意識化せざるを得ないのである。その結果、ふつうは人を文化の枠組みに無意識裡に馴致させる装置である家庭を、意識によって支配する場に変えてしまうのである。

たとえば、津田と実父との関わりは法律やお金がむき出しになっている。それに、そもそも津田がお延と結婚したのは、ある計算があったように周囲の人々から見られている。

「あなたは延子さんを可愛がつてゐらつしやるでせう」

此処でも津田の備へは手薄であつた。彼は冗談半分に夫人をあしらふ事なら幾通でも出来た。然し真面目に改まつた、責任のある答を、夫人の気に入る様な形で与へようとすると、其答は決してさうすら〳〵出て来なかつた。彼に取つて最も都合の好い事で、又最も都合の悪い事は、何方にでも自由に答へられる彼の心の状態であつた。といふのは、事実彼はお延を愛してもゐたし、又そんなに愛してもゐなかつたからである。

津田には〈愛〉を感じる主体も、夫婦愛についての道徳律もないのである。「利害の論理《ロジック》に抜け目のない機敏さを誇りとする」津田は、「自分の未来」のために、いわば計算ずくでお延と結婚している。お延を育てた岡本と現在の上司である吉川は親友なので、お延を大切にすれば吉川の覚えがよいことになる。京都の父と吉川との関係で得た地位を、今度は自分自身で作り出した人間関係で確かなものにしようとしているわけだ。

津田が、京都の父の怒りを買って平気でいられるのも、お延を通した人間関係の方が強力で先が長く、結局は有利だと踏んでいるからにほかならない。実際、どこか馬の合わない父と切れてしまえば、数日の入院費にも事欠くありさまなので、彼としては何とか吉川に重く用いられなければならなかったのである。津田は、決して裕福ではない藤井夫婦に育てられながら、岡本夫婦に育てられたお延を妻にすることで「上流階級」へと成り上がっていこうとしているのである。

（百三十五）

お延は、そのことを薄々感じている。だから、義妹のお秀に――「器量好み」で「自己の欠乏した」堀という男の元へ嫁いだお秀に、お延は「比較」を絶した「完全の愛」で「絶対に愛されて見たい」と宣言するのだ。ところが、彼女のすることはどこかちぐはぐなのである。芝居がかったことをして津田を驚かせる一方で、自分たちが「夫婦らしく」なることも望んでいるからである。

いつの時代でも、「〜らしく」とは、保守的なアイデンティティーのあり方を規定する言説だと言っていい。もちろん、この時代も例外ではない。たとえば、東京女学校を設立するなど、当時の女子教育に貢献した棚橋絢子『女らしく』（東亜堂書房、大正四年六月）などは、「新しい女」を徹底的に批判するなど、この当時としても珍しいほどの保守的な修養書なのである。

家庭の安定とは、お秀がそうであるように、それがどんなに欺瞞に満ちたものに見えようとも、男が夫の、女が妻の役割に自己を封じ込めることによって、とりあえずは得られるものに違いない。「夫らしく」「妻らしく」、というわけだ。しかし、お延にはそれができないのだ。なぜなら、お延のアイデンティティーは津田との家庭にはないからである。彼女に、家計の観念がほとんど見られないのもそのためだろう。

なぜお延は津田の愛をそれほどまでに欲するのか

大正期にはいってからは、貯金が家計の一つの目標になっていた。『貯金の出来る生活法』（東京家政学会、大正五年九月）、嘉悦孝子『貯金の出来る模範生活法』（青雲社、大正六年三月）といった本もあいついで刊行されていた。大正六年に創刊された『主婦之友』の三本柱は、家計、健康、愛情であった。(11) 家計の概念は、〈家〉からの家庭の自立のためには是非とも必要なものだったのだ。この点、お延は明らかに主婦失格である。

お延にあるのは、「愛情」だけである。

たぶん、吉川夫人やお秀には、こうしたことを見抜かれている。

機嫌のいゝ時に、彼（岡本――筆者注）を向ふへ廻して軽口の吐き競《くら》をやる位は、今の彼女に取つて何の努力も要らない第二の天性のやうなものであつた。然し津田に嫁いでからの彼女は、嫁ぐとすぐに此態度を改めた。所が最初慎みのために控へた悪口は、二カ月経つても、三カ月経つても中々出て来なかつた。彼女は遂に此点に於て、岡本に居た時の自分とは別個の人間になつて、彼女の夫に対しなければならなくなつた。彼女は物足らなかつた。同時に夫を欺いてゐるやうな気がしてならなかつた。偶《たま》に来て、故《もと》に変らない叔父の様子を見ると、其所に昔の自由を憶ひ出させる或物があつた。（六十二）

お延は、「如何にして異性を取り扱ふべきかの修養を、斯うして叔父からばかり学んだ」。それで、「彼女の愛は津田の上にあつた。然し彼女の同情は寧ろ叔父型の人間に注がれた」と言うのだ。

またしても「男の言葉」だ。お延が身につけているのは、岡本の叔父という「男の言葉」なのだ。しかも、その言葉は、岡本が社交上必要とした社会的な言葉にほかならない。しかし、お延は『道草』のお住のように、〈実家〉の「言葉」の中にとどまってはいられないのである。

お延は、岡本の家で過ごした日々の自己のアイデンティティーを守り通すために、津田との間を取り繕おうとしているふしさえ見える。しかし、ほかならぬそのために、彼女は結婚するや否や、津田に合わせて自分を改めなければならなかったのだ。お延のしていることは、他者に結ぶ自己の像を統一的に保つために、津田との関係においては自己を徹底的に改造するという二律背反なのである。お延にとっては、家庭とはその境界を越えれば何かが変容させられてしまう場だったのだ。

お延のアイデンティティーは津田との家庭にはない。しかし、自分から積極的に津田との結婚を望んだお延には、自己のアイデンティティーのために津田の〈愛〉も是非とも必要であった。お延は、津田に愛されたいがために引き裂かれている。お延は、津田の〈愛〉を手にしたときにのみ、本当の統一的な自己を得ることができるのだ。

生田長江は、「家族主義から漸く家庭主義へ推移して来てゐる今日では」、「確実に結婚が恋愛の方へ近づいて行く」と分析している（「恋愛と結婚との関係を論ず」『婦人公論』大正六年十一月）。

お延が求めているのは、津田への愛ではなく、津田の愛である。それは当時一般に言われていた、女性特有の受け身の〈愛〉ではない。彼女のアイデンティティーそのものとしての〈愛〉である。その意味でお延は、恋愛、結婚、性が一体化したロマンティック・ラブ・イデオロギーをいち早く生きようとした女だ。それは、〈愛〉によって〈家〉

から家庭を自立させようとする「新しい」主婦の形だったのだ。[12]

お直の役割とは

『道草』のお住も、『明暗』のお延も、『行人』のお直ほどの苦労はしていないだろう。『行人』の長野家は、父が隠居して間もない不安定な時期にある。お直は、そういう家で、夫の両親と同居する主婦なのである。それが、お直の立場をいっそう難しくしている。

下田歌子の『良妻と賢母』（富山房、明治四十五年五月）は、日本では明治期に主婦が主流にならなかった理由を、問わず語りに説明している。下田は、西洋では結婚すると一家を構えるから女性はすぐに主婦になるが、日本では父母と同居することが多いから「夫に対しての、妻の務めはあるが、まだ家に対しての主婦の責めは持たぬのである」と言うのである。妻が主婦になるためには、「分業」という理念のほかに、「別居」という現実が必要だった。

別居は、明治二十年代から論じられていた、家族主義の永遠の課題の一つである（「親子別居の論」『女学雑誌』明治二十年二月二十日など）。当然、『行人』の現在時である明治の終わり頃でも、賛否両論があった。[13]しかし、日露戦後のこの頃から確実に世の流れは「家族主義」から「家庭主義」へと移っていた。

たとえば阿部長咲『過渡時代の女性』（廣文堂書店、明治四十年六月）という保守的な修養書が、同居の必要を論じて力みかえっているのも、「今や家族主義より個人主義に移らんとする過渡の時代に属す」という現状認識があるからだった。この時期に、『行人』の長野家はなぜ大家族なのだろうか。

長野家の隠居した父は、かつて高級官僚であった。一方、新しい戸主となった長野一郎は大学教授である。大学教授の給与が現在とは比較にならないほど高額だった当時でも、家長の交代によって、長野家の財政は縮小せざるを得なかった。戸主が家族の扶養の義務を一身に負うこの時代にあって、財政事情の変化の持つ意味は大きい。それが『行人』の物語の基本のところにある。

具体的には、長野家の住み込みの「女中」だったお貞が、年頃ということもあるが、こうした経済事情から「厄介もの」になってしまい、どこかへ嫁がせる必要が出てきた。『行人』は、次男坊の二郎がそのお貞の縁談話のメッセンジャーとして大阪に着いたところから始まっているのである。

それだけではない。妹のお重も「厄介もの」である点では同じである。彼女もすでに長野家の労働力としては不要で、お貞同様結婚が待たれている。二郎とて例外ではない。設計事務所に勤める給与生活者である二郎は、物語の終わり近く、一人家を出て下宿生活を始める。

戸主が代替わりすることは、その〈家〉にいる、新しい戸主と同世代の者たちが一気に「厄介もの」となり、様々な形で〈家〉から追放されることを意味する。『それから』

の代助がそうであった。これが、〈家〉の現実なのである。

『行人』は、男たちだけの世界としては成り立っていない。一郎という新しい戸主のもとで、お貞とお重の結婚が現実のものとなってゆくのは、一郎の妻であるお直の存在がある。彼女がこの長野家に嫁いで来たことによって、先の二人の若い女性の労働力が不要となったのである。

お直は、好むと好まざるとにかかわらず、また、意識していようといまいと、若い女性二人を長野家から追い出す役割を引き受けざるを得ないのだ。そして、「嫁」のお直が長野家から追放しなければならない女性がもう一人いる。姑、すなわち夫一郎の母である。

核家族化した現在では、主婦になることはたやすい。妻なら誰でも主婦になれるわけだ。しかし、大家族の中では違う。かつて主婦は〈家〉という大きな集団を「経営」する、複数の女性の長《おさ》であった。その地位を得るための葛藤があった。家長の代替わりはまた主婦の代替わりでもあったのだ。

主婦もまた個人にはなれない

長野家の嫁姑の葛藤は、その一つのエピソードにすぎないという見方もできる。実際、そういう側面もあるだろう。しかし、夫である一郎がお直に求めるものが、それを一つのエピソード以上のものに仕立て上げてしまうのである。

そもそもお直は、「嫁」として十分な役割を果たしていない。というのも、彼女はまだ女の子一人しか子供を生んでいないからである。長野家の跡取りはまだいないのである。それにもかかわらず、妻としてはあまりに愛嬌の乏しいと見られてもいるお直が、姑と十分に対峙できるのはなぜか。それは、夫一郎がお直に妻としての役割を越えた愛情を望んでいるからにほかならない。

姑も、彼女に、一郎に対してもっと愛嬌を振る舞うことを望んでいるが、それは妻としてのものにとどまっている。一郎がお直に求めているものは違う。一郎は、二郎にお直の「節操」を試してほしいと依頼する。疑いを向けられた二郎は、相手が「嫂」だからと答えるが、一郎は納得しない。一郎は、妻としてではなく、女としての愛情をお直に求めているからだ。逆説的に言えば、三角関係という装置を作り出すために二郎を巻き込んだのかもしれない。

その結果、長野家は崩壊する。次男坊の二郎が、いつ長男の地位を奪うかもしれないという意味において一郎の潜在的競争者であることは、〈家〉のシステムがもたらす必然だと言っていい。しかし、一郎の次の世代の跡取りが得られていない長野家にとって、二郎はまだ必要なスペアーであったはずである。

その二郎が下宿という形で長野家を去らなければならなかったのは、一郎に〈家〉のシステムが十分には見えておらず、家族の中でお直に個人としての〈愛〉を求めたからにほかならない。それは、一郎自身の〈家〉の中での孤立に対応していた。戸主としての孤立は〈家〉の必然なのだが、おそらく一郎にはそれが個人としての孤独に感じられていたのだろう。

つまり、一郎には二郎が家長をめぐる次男坊としての競争者ではなく、個人としての競争者に見えていたのである。個人としての〈愛〉を求めることは、〈家〉の中では固く禁じられたタブーでもあった。それを破ったことが、「知識人」としての一郎の悲劇だった。

一郎は常に書物を引き合いに出して、お直を論じる。一郎は「個人」を書物の中で知っていただけだったのである。しかし、いかなる形であろうとも、人がひとたび個人の相貌を見せた時、〈家〉は強力な制度として個人と葛藤せずにはいないのである。〈愛〉は、〈家〉の中の女性を主体化するほとんど唯一の方法だったが、だからこそ特に主婦にとっては過酷な試練でもあった。主婦もまた、決して個人にはなれない家族の一人なのだ。

第二部

「関係」から考える

第四章　自我と性的な他者

1　自我という問い

「お目出たき人」とはどんな人か

もし、漱石が武者小路実篤の『お目出たき人』（洛陽堂、明治四十四年二月）のように自我を書くことができたなら、どれほど幸福だったろうか。『お目出たき人』が興味深いのは、この小説のストーリーラインが漱石の『三四郎』と似ており、かつ漱石の『彼岸過迄』のテーマがこの小説と似ているからである。『三四郎』は『お目出たき人』の三年前に書かれ、『彼岸過迄』は『お目出たき人』の翌年に書かれている。(1)

ここでは、まずこの小説の主人公「自分」の「自我」がいかに幸福であるか、つまりいかに「お目出たい」か、冒頭近くの一節を引いておこう。

女そのものは知らない、しかし女の男に与へる力は知つてゐる。女そのものは力のないものかも知れない。しかし女の男に与へる力は強い。

所謂女を知らないせゐか、自分は理想の女を崇拝する。その肉と心を崇拝する。さうしてその理想的の女として自分の知れる範囲に於て鶴は第一の人である。

鶴に幸あれ！

しかし自分はいくら女に餓ゑてゐるからと云つて、いくら鶴を恋してゐるからと云つて、自分の仕事をすててまで鶴を得ようとは思はない。自分は鶴以上に自我を愛してゐる。いくら淋しくとも自我を犠牲にしてまで鶴を得ようとは思はない。三度の飯を二度にへらしても、如何なる陋屋《ろうをく》に住まうとも、鶴と夫婦になりたい。しかし自我を犠牲にしてまで鶴と一緒にならうとは思はない。

女に餓ゑて女の力を知り、女の力を知つて、自我の力を自分は知ることが出来た。しかし女の柔かき円味ある身体。優しき心。なまめかしき香。人の心をとかす心。あゝ女と舞踏《タンチエン》がしたい、全身全心を以て。いぢけない前に春が来てくれないと困る。

自分は自我を発展させる為にも鶴を要求するものである。

理想の女「鶴」が現れるが、「自我」は犠牲にしたくはない。そこで、「自我の発展」のためにも「鶴」を「要求」するという理屈を考えつくことになる。「自我の発展」という考え方は、当時一般的にあった。(2)『お目出たき人』は、こんな物語だ。

「自分」は、学習院出身の二十六歳の青年で、「広義の教育家」になろうと志しているが、今はまだ何者でもない。十九歳の時に初恋と失恋を経験し、それ以来「女に餓ゑて」いることを自覚している。時々見かける「鶴」という女学生に惹かれ、言葉も交わさぬまま、人を介して結婚を申し込むが断られ、「鶴」は別の工学士と結婚する。――このあまりにも「お目出たい」男の物語を書いた白樺派の中心人物は、後に生田長江に手厳しく批判されることになる。

所謂白樺派のもつてゐる悪いところとは何であるか。精一杯手短かな言葉に代表さして云へば、「お目出度き人」と云ふ小説か脚本かを書いた武者小路氏のごとく、皮肉でも反語でもなく、勿論何等の漫罵でもなく、思切つて「オメデタイ」ことである。（中略）所謂白樺派の正直は、まだ世の中の如何なる不正直をも知るに至らない赤坊の正直である。彼等は正直である為めに彼等の努力をも、彼等の勇気をも要しない。
（「自然主義前派の跳梁」『新小説』大正五年十一月）

生田長江は、白樺派は「自然主義」を経験していない、その「前派」にすぎないと言うのである。ただし、生田長江はとにかく白樺派を批判しさえすればよかったようで、ガードが甘かった。この批判は武者小路によって、次のようにあっさりと切り返される。「僕は自分で自分を「お目出たい」と云つた。しかしそれは世間をからかつて云つたのは分り切つたことだ」、「今時になつて読みもしない長江氏がその題をとつてよろこんで僕をからかふのは、五六年おくれて僕の落し穴におつこつたやうなものだ」（「生田長江氏に戦を宣せられて一寸」『時事新報』大正五年十一月五日〜七日）。

相対化されない自我

論争は、この後も多くの文学者を巻き込んで続くのだが、こと『お目出たき人』に限って言えば、武者小路の自作解説の方に分がある。先に引用したように、『お目出たき人』は明らかに「自分」を戯画化して書いているし、「鶴」の結婚を知った「自分」についても、この小説の末尾はこんな風に結ばれているからである。

其後暫らくして自分は何時のまにか鶴は自分を恋してゐてくれたのだが父や母や兄のすゝめで進まずながら人妻になつたのだと理由もなしに思ふやうになつた。さうしてそれから一月もたつた。今は鶴をあはれむやうな気分になつた。さうして鶴の運命が気になりだした。

自分はこの感じがあやまつてゐるか、ゐないかを鶴に逢つて聞きたく思つてゐる。

しかし鶴が、「私は一度も貴君のことを思つたことはありません」と自ら云はうとも、自分はそれは口だけだ、少なくも鶴の意識だけだと思ふにちがひない。

傍点を施した「理由もなしに」や「思ふにちがひない」などの表現を見れば、この独善的な「自分」の感じ方を相対化しながら書いていることは明らかだろう。そこには自意識のささやかな芽生えがある。しかし、その自意識はまだ自我そのものを相対化しきってはいない。なぜなら、この小説には「書く」という行為が自立して組み込まれてはいないからである。

　自意識それ自体が近代文学の中心的なテーマの一つとなるのは昭和の初期であって、その時には「書く」という行為も同時に突き詰められていた。「書く自分」と「書かれる自分」との乖離に自意識の最もわかりやすい現れがあるからだ。そして、自意識は自我を根底から揺さぶる。

『お目出たき人』の「自分」は、手紙も書くし、日記も書くし、新体詩も書く。しかし、そこには「書く」という行為についての意識がない。つまり、「書かれる自分」を対象化する意識がないのだ。『お目出たき人』の最も幸いで、最も「お目出たい」ところは、「書く」行為を自立させていないところにある。その結果、『お目出たき人』の自我は、戯画化という伝統的な技法による相対化を蒙ってはいるが、その実在自体は露ほども疑われていないのである。

　実は、この時代の自我論では、自我はそれほど固定された実在としては捉えられていなかった(3)。後の「近代的自我」のような、個人の主人としての位置も獲得してはいなかった。自我は、まだ決して自明のものではなかったのである。

自我の深いところに「性慾」がある

明治期の哲学研究に大きな役割を果たした『哲学雑誌』では、明治三十六年に哲学者の紀《き》平正美《ひらただよし》が自我研究の少なさを指摘したあたりから（「自我に就いて」明治三十六年十一月）、自我論が登場するようになる。

藤井健次郎「自我実現説の哲学的基礎に就きて」（明治三十七年六月）、大島正徳「人格の根本的研究」（＊「自我」に触れる項目がある——明治三十七年十月から三十八年十二月まで）、吉田静致「社会我」（明治三十七年十二月）、元良《もとら》勇次《ゆうじ》郎《ろう》「東洋哲学に於ける自我の観念」（明治三十八年七月）、小柳司気太「自我実現説と儒教の倫理」（明治三十八年十月）という具合で、明治三十七年、三十八年あたりを一つのピークとして、自我論が定着してゆく。

これらは専門的にすぎて触れる必要はないが、紀平正美の「自我に就いて」だけはその後の自我論の論点を先取りしているので、見ておこう。

紀平正美は、まず自我と非我[4]との区別を問題にし、「身体」を自我と非我との「限界」とする。しかし、「身体」は、それを手、足、腹、頭という具合に断片化してゆくと、その部分部分は「我」とは言えなくなるので、結局「精神」が自我の中心になる。これもまた分節化可能である以上、自我の中心は「精神」内の「自我非我」を統一する「意識」となる。しかし、「意識」もまた……という具合に分節化していって、最後に「如何なる活動にも中心となる所の堅き組織」である「本能」が自我の中心とされるのである。

注目しておきたいのは、らっきょうの皮むきのように自我を突き詰めてゆく問いの立て方が、この時期すでに行われていたということだ。つまり、自我から非我を次々に引き剝がしてゆく問いの型が、すでに作られていたということである。それは、自我を問うときには必然的につきまとう問いの型である。自我にはそのような問いを誘い込む構造がある。

さらに注目しておきたいのは、自我の皮むきを突き詰めて、最終的な「主体」だと信じられていた「本能」に行き当たっていることだ。それは、「医学」的な正しさだった。この論文では「本能」はそれ以上追求されていないが、この論文の向こうに、人生の目的は「本能の満足」すなわち「性慾の満足」にあると高らかに宣言した高山樗牛の「美的生活を論ず」(『太陽』明治三十四年八月)を透かしてみることは、文化的なコンテクストとしては、むしろ自然なことだろう。

『お目出たき人』の自我は、「性慾」の周りをぐるぐる回っている。

「自分は誰かと結婚しない間は淫慾に誘惑される時手淫に逃れて行かうと思つてゐる。(中略)自分はこの後ろぐらい所をなくす為にも実は早く鶴と結婚したく思つてゐるのだ」。——「手淫」は当時の若者にとって最大の関心事の一つであった。[5]「手淫」はその後の性生活全体を崩壊させるほど「有害」なものだとされていたからである。

しかし、「自分」は「手淫」を決断する。「自分は肉慾許りの男ではない」と言いながらも、ここでは、「自分」にとって「鶴」は「手淫」の代替物でしかないことがはしなくも語られてしまっているのだ。

「肉慾」が「身体」という「実在」につながっているならば、「肉慾」ほど確実に自我を実感できるものはない。その上、社会的には何者でもない「自分」にとっては、「肉慾」を感じることが自我を実感できるほとんど唯一の方法だっただろう。それが、性慾問題が、まだ社会的な地位の不安定な青年の悩みとして定着した理由の一つに違いない。この時代、まちがいなく性慾が自我の輪郭を形成していたのだ。

その意味で、『お目出たき人』は、武者小路実篤の『蒲団』（田山花袋）であり『ヰタ・セクスアリス』（森鷗外）なのである。

2　自我という病

「あなたは余つ程度胸のない方ですね」！

『お目出たき人』は、主人公の恋した女性が突然彼とはまったく別の種類の男と結婚してしまうという点で、『三四郎』と似たストーリーラインを描いている。しかし、三四郎の方は明確な自我を持っていない。彼は何事にも素直に「驚く」青年である。しかも、その「驚き」を自分自身の言葉で意味づけることさえできないのである。『お目出たき人』の「自分」が、何事も自我との関係で意味づけてみせるのとはあまりにも対照的である。

たとえば、三四郎は、野々宮と会えば「汽車の中で水蜜桃を食つた男に似てゐる」と思い、美禰子と会えばその目の動きが「汽車の女」と似ていると感じ、彼女を授業で習ったばかりのグルーズの絵に重ねて解釈するという具合なのである。判断力が欠如しているわけだ。そもそも、三四郎は自分が受けている授業が「詰るか詰らないか」さえ自分では「判断が出来ない」のだ。

美禰子への恋心も、野々宮の美禰子への態度を模倣しているだけのような趣がある。[6]三四郎はこの同郷の先輩にシンパシーを感じていて、野々宮が東京帝国大学の校舎を批評すれば、実際に校舎がその批評通りに見えるようになるし、美禰子と二人で雲を見れば、あれは「雪の粉」だと野々宮に教わった通りを繰り返してみせる。三四郎は自分の「失恋」さえ、「迷羊《ストレイ・シープ》」という美禰子に教わった言葉でしか語れないのだ。その意味で、『三四郎』はまちがいなく三四郎の「感情教育」を書いた小説だと言える。

恋愛には性慾がつきものだが、未亡人と肉体関係を持ちながら恋愛に憧れ続ける、森鷗外『青年』(明治四十三年~四十四年)の主人公のように、当時恋愛と性慾はむしろ分離されていた。しかし、恋愛に対する憧れさえ自覚できない三四郎には、性慾を自覚的に抑圧する意識がない。

　では、三四郎にはそもそも性欲がなかったのだろうか。そうではない。三四郎は恋愛も性欲も、どちらも自覚できていないのだ。

　彼の「汽車の女」を見るなめまわすような視線は十分にいやらしいし、その「汽車の女」との「同衾事件」にしても、三四郎の下心が見えさえするのだ[7]。ところが、三四郎自身は女の方が自分を誘ったのだとばかり思っている。三四郎が自分の性欲を自覚していないからだ。性欲は自覚しているがそれをスマートに表現できないというのではない。たしかに、三四郎はうぶだとは言える。しかし、うぶだということは性欲がないことを意味するわけではない。

「あなたは余つ程度胸のない方ですね」と女から言われた時、三四郎は自分が何を欲していたかをはじめて知る。三四郎は自分の性欲さえも女に教わるのだ。三四郎の「感情教育」とは、まず性欲の教育だった。自我のない三四郎には、性欲も自分のものとは自覚されないのだ。このことには象徴的な意味がある。ここには、性欲と自我との近接があるからだ。性欲がなければ自我もないわけだ。

「君、あの女を愛してゐるんだらう」とは、与次郎の言葉である。これが、もう一つの「感情教育」である。三四郎は、恋もまた他者から教わるのだ。『三四郎』では、こういう形で、性欲と恋愛とが、分離されながらセット化もされているのである。

性慾から離れた柔らかな自我

三四郎は、自分は東京帝国大学の学生であるという自負心が強く、彼の自我は社会的に十分満足を得られていたから、自ら反省的に自我を見つめる必要に迫られてはいなかったと言える。その意味で、社会的には何者でもない『それから』の代助の自我のあり方は注目に値する。

代助は、ほとんど頭という物質に導かれるようにして、自己について考え続けている。その結果、「無目的な行為を目的として活動」することを信条とするようになる。つまり、〈いま・ここ〉にいる自分だけが本当の自分だと考える。彼は、「自分丈になつてゐる」たいのである。代助は、すでに自我の皮むきをすませているのだ。

しかし、自我が「非我」と「自我」との差異による関係によって成りたっている以上、代助の信条とする〈いま・ここ〉にだけある自我は、大変不安定なものにならざるを得ない。代助は、この不安定な自我を生きている。

次に引用するのは、物語も後半を過ぎて、代助が父の持ってきた縁談を断ることを嫂の梅子に伝えた帰り道の場面である。

歩きながら、自分は今日、自ら進んで、自分の運命の半分を破壊したも同じ事だと、心のうちに囁《つぶや》いた。今迄は父や嫂を相手に、好い加減な間隔を取つて、柔かに自我を通して来た。今度は愈本性を露はさなければ、それを通し切れなくなつた。同時に、此方面に向つて、在来の満足を求め得る希望は少くなつた。（十四）

代助の柔らかな自我は、次男坊という彼の〈家〉の中での位置を最大限に利用した結果得られたものである。それは、〈家〉の中で飼い慣らされた「趣味の人」としての自我である。さらに言えば、そのような自我のあり方には、馴染みのある「芸者」との関係までも組み込まれていた。だから、代助は、父が「好い年をして、若い妾を持つてゐる」ことも「寧ろ賛成」という風に受け止めている。

ここまでなら、趣味人の「嗜み」の範囲内だろう。代助の柔らかな自我の特徴は、彼の三千代との「恋」のあり方に表れている。

代助は、現実の「恋」の対象である三千代と性的な関係は望んではいない。三千代が心臓を病んで、そのことで平岡の放蕩が始まったことを、つまり平岡との「夫婦の関係」がないことを確認したことが、代助に三千代を選ばせているふしさえ見えるのである[8]。代助のセクシュアリティーは、植物との戯れといった比喩の世界でこそ成り立つものなのだ。

代助には、「恋」と性欲とは一致しなくてもいい。「恋」という「無目的な行為」それ自身が「目的」となるからだ。代助は性欲を卑しいものだとは考えていない。だから、代助の行っているのは、性欲の抑圧ではない。性欲から自由になることなのだ。自我が性慾から自由になること、それが彼の柔らかい自我のあり方を支えていたのである。

性慾から嫉妬へ

『こゝろ』の〈先生〉は、自分のお嬢さん（静）への気持ちをこんな風に説明している。

> 私は其人に対して、殆ど信仰に近い愛を有ってゐたのです。（中略）本当の愛は宗教心とさう違ったものでないといふ事を固く信じてゐるのです。（中略）もし愛といふ不可思議なものに両端があって、其高い端には神聖な感じが働いて、低い端には性慾が動いてゐるとすれば、私の愛はたしかに其高い極点を捕《つら》まへたものです。私はもとより人間として肉を離れる事の出来ない身体でした。けれども御嬢さんを見る私の眼や、御嬢さんを考へる私の心は、全く肉の臭を帯びてゐませんでした。
> （下十四）

叔父に裏切られた後の〈先生〉は、他人に自分の運命を左右されることを極端に警戒していた。叔父の裏切りは、〈先生〉にいっさいの自我ならざるものを拒否させるようになった。

〈先生〉が「性慾」を忌避するのは、自分を慕っている青年に対してきれい事を並べたいからではない。〈先生〉にとっては「性慾」は「非我」なので、「性慾」という名の

「非我」に自分の運命を決めてほしくなかったのだ。「心」の、つまり精神のまったき自由を求める〈先生〉にとって、「性慾」さえ自己の中の「非我」だったのである。少なくとも、それが〈先生〉自身の説明原理であったにちがいない。

ここには、明らかに「性慾」への抑圧がある。あるはずのものをないことにする心の働きが、〈先生〉の自我を硬直させている要因の一つになっていたはずである。だが、そもそも〈先生〉の説明はきれい事ではなかったか。

〈先生〉の説明には無理がある。「信仰」ならば多くの人々に共有されることで成功したと言える。しかし、「恋」は違う。〈先生〉が「肉」を離れることができないように、お嬢さんもまた「肉」を離れることができないからだ。

〈先生〉とKとの悲劇は、この単純な真理から〈先生〉が目を逸らしていたことに原因があった。〈先生〉は、あたかも偶像のように、Kに御嬢さんを「信仰」するようにし向けたからである。しかし、それが成功した時、〈先生〉にはそれまで自覚していなかった感情がわき上がってくるのを止めることができなかった。

言うまでもなく、嫉妬である。山崎正和は、「性慾」を否定した〈先生〉も、それが嫉妬という精神的な装いで現れた時、それに身を任せざるを得なかったのだと論じている。[9] これは、同時代的な認識でもあった。石田孫太郎は「真の嫉妬は全く男女両性間の情慾上の関係に起る排他的感情」だと断言している（『嫉妬の研究』丸山舎書籍部、明治三十八年十二月）。だが、「性慾」のネットワークはさらに根が深い。

まだこの遺書を書くはるか前に、〈先生〉は頻繁に訪ねてくる青年に向かって、こう語りかけていた。

「私は淋しい人間ですが、ことによると貴方も淋しい人間ぢやないですか。私は淋しくつても年を取つてゐるから、動かずにゐられるが、若いあなたは左右《さう》は行かないのでせう。動ける丈動きたいのでせう。動いて何かに打《ぶ》つかりたいのでせう。……」（上七）

〈先生〉は続けて「若いうち程淋しいものはありません」とも言っていた。〈先生〉は別の機会にこうも言っていた。「あなたの心はとつくの昔から既に恋で動いてゐる」、「異性と抱き合ふ順序として、まづ同性の私の所へ動いて来たのです」と。

山崎正和は、「淋しい人間」という〈先生〉の認識について、「『先生』はこの「淋しさ」を恋愛の感情になぞらへ」ているばかりでなく、「恋愛さへもが、この「淋しさ」の現れのひとつにすぎないと考へ」ていると指摘している(10)。これは、一人〈先生〉の問題ではない。実は、「淋しさ」と「恋愛」とをつなぐ同時代的コンテクストがあったのである。

「淋しさ」の向こうに

飯田祐子は、こう論じている。

『蒲団』の衝撃以後の『文章世界』では、青年たちの間で「寂しさ」という言葉をめぐって「同性社会性」の強いネットワークが作られていく。それは書くことをめぐるある「階層化」の中に位置づけられる。すなわち、「「肉欲」を語るプロ作家の小説、その下位に練習として『文章世界』の「恋」や淡い性的欲望を語る投稿小説欄が位置し、そしてさらにその下位に「寂しさ」を語る総合的で雑多な欄が位置する」。その結果、「「恋」は未熟さを意味し、「肉欲」は成熟を意味する」ようになった。「中年」は「肉欲」を生き、「青年」は「恋」を生きる。これが、飯田の分析である。(11)

「淋しさ」は、やがて「恋愛」に、そして「肉欲」に至る「階段」でもあった。「淋しさ」という孤独を語る言葉が「中年」の〈先生〉の口から語られる時、(12)そこに「肉欲」が暗示されてしまう同時代的コンテクストがあったのだ。青年に対する〈先生〉の語り方も、そのことをまったく無視してはいない。いかに純粋な自我を語ろうとも、決して「肉を離れる事の出来ない」自我は、その「本能」である性慾を離れることはできないからである。

しかし、〈先生〉の自我は性慾からは遠い。それは彼が「老い込んだ」からばかりではないだろう。同時代のコンテクストから言えば、むしろ「中年」こそ「肉欲」に近いはずであった。〈先生〉のKに対する罪の意識が、彼を性慾から遠ざけるのだ。ただし、贖罪のためではない。罪の意識が、〈先生〉の自我に輪郭を与えていたからだ⒀。

そう考えると、〈先生〉が最終的にたどりついたKの自殺の理由は、まったく違った意味を帯びてくる。

私は仕舞にKが私のやうにたつた一人で淋しくつて仕方がなくなつた結果、急に所決したのではなからうかと疑ひ出しました。さうして又慄としたのです。私もKの歩いた路を、Kと同じやうに辿つてゐるのだといふ予覚が、折々風のやうに私の胸を横過《よこぎ》り始めたからです。（下五十三）

この「淋しさ」の向こうには、同時代的な様々な意味の層が広がっている。その層は、〈先生〉の罪の意識を無効にするだけでなく、〈先生〉の自我の輪郭を緩やかに壊してゆく。〈先生〉の自我は、〈先生〉の意識できないような遠くで、ふたたび性慾という名の「非我」の周りを巡り始めることになりはしないだろうか。

須永の「自分」とは誰のことか

この難問を最も熾烈に生きたのが、『彼岸過迄』の須永市蔵ではなかっただろうか。彼は、社会的には何者でもなく、まだ「中年」でもなく、そして何の罪も犯してはいない。ただ一人で自我に耐えなければならなかったのである。『彼岸過迄』は、須永と千代子の嫉妬をめぐる物語である。いや、嫉妬と自我をめぐる物語である。しかし、この嫉妬からは性慾が脱色されている。須永は千代子についてこんな風に語っている。

母は僕の高等学校に這入つた時分夫となく千代子の事を仄めかした。其頃の僕に色気のあつたのは無論である。けれども未来の妻といふ観念は丸で頭に無かつた。そんな話に取り合ふ落ち付さへ持つてゐなかつた。殊に子供の時から一所に遊んだり喧嘩をしたり、殆ど同じ家に生長したと違はない親しみのある少女は、余り自分に近過ぎるためか甚だ平凡に見えて、異性に対する普通の刺激を与へるに足りなかつた。（「須永の話」六）

以後、須永の話は、自分はなぜ千代子を妻にしないのかということをめぐって語られることになる。そのほとんどは、なぜ千代子と結婚しないのかという敬太郎の問いに答える、須永のプライドのために語られたと言っていい。母の兄弟でもある千代子の両親が自分との結婚に反対している以上、「自尊心の強い父の子」として、「自我を傷つけない様に」、自ら身を引いたというのがその言い分である。しかし、事はそんなに単純ではなかった。

ある時、千代子が須永に、戯れに自分の結婚はもう決まったと告げた。その時、須永にこういう自覚があった。

僕は今迄気が付かずに彼女を愛してゐたのかも知れなかつた。或は彼女が気が付かないうちに僕を愛してゐたのかも知れなかつた。——僕は自分といふ正体が、夫程解り悪《にく》い怖いものなのだらうかと考へて、しばらく茫然としてゐた。（同十）

自己が自分にとっても完全には理解できない他者でもあるという須永の「発見」は十分に注目に値するが、この須永の感じ方の特徴は、そのことと第二文との関係にある。千代子の気持ちまでもが、あたかも「自分といふ正体」に含まれているように感じているからである。それでは、「自分」とはいったい何者なのか。

自我という病

須永の叔父・松本によれば、「市蔵といふ男は世の中と接触する度に内へとぐろを捲き込む性質《たち》」である。要するに、「市蔵は自我より外に当初から何物も有つてゐない男」なのだ。そのことを説明するために、松本は須永が女の写真を見ていたときのことを話す。ある雑誌の口絵に出ている美人の写真を見る須永は、それを実在の人物とつなげては見ていなかったと言う。須永にとって、写真は写真以上のものではないわけだ。

このたとえ話の趣旨は、須永の自我が現実とは乖離しているということだが、それがなぜ女の写真の話なのだろうか。

その写真の女性は、「時と場合によれば、細君として申し受ける事も不可能でない」と、松本は付け加えて言う。「然るに彼は又何の必要があつて姓名や住所を記憶するかと云つた風の眼使をして僕の注意を怪しんだ」。松本は次のように分析する。

　つまり僕は飽く迄も写真を実物の代表として眺め、彼は写真をたゞの写真として眺めてゐたのである。若し写真の背後に、本当の位置や身分や教育や性情が付け加はつて、紙の上の肖像を活かしに掛つたなら、彼は却つて気に入つた其顔迄併せて打ち棄てゝ、仕舞つたかも知れない。（「松本の話」二）

ここに須永の自我の構造がはっきり示されている。すなわち、「内へとぐろを捲き込む」須永の自我にとって、「世の中」は「紙の上」の出来事でしかないということだ。千代子に突かれるのはそのことなのだ。

高木という男が千代子の前に現れた時、須永は自ら嫉妬を自覚する。自覚したばかりでなく、まちがいなくそれを表現し、千代子に悟られる。そして、こう痛罵されるのだ。「何故愛してもゐず、細君にもしようと思つてゐない妾《あたし》に対して」、「何故嫉妬なさるんです」。

須永は嫉妬を自覚していた。しかし、それはいわば「紙の上」の嫉妬にすぎない。彼は、嫉妬の意味を知らなかったのだ。この時の嫉妬は千代子との関わりを希求していなければならないはずだが、須永の嫉妬にはそれがない。「自分」を失ったという感覚しかなかったのに違いない。だから、千代子に「卑怯」と決めつけられるのである。須永は、嫉妬の意味を千代子から教えられるのである。『彼岸過迄』の嫉妬にある深みが与えられているとすれば、それは千代子の言葉がそうさせているのだ。

須永の嫉妬は、彼の自我の構造によって性慾を脱色させられていた。「非我」を自我から次々にはぎ取っていく作業は、ついには自我から性慾を濾過してしまったのである。もし『彼岸過迄』が『お目出たき人』と批判的に関わるとしたら、おそらくこの一点によってであろう。しかし、そのような自我はほとんど病と呼ぶしかない。須永は、自我という病を病んでいるのだ。

3　他者の発見

「心」として現れる他者

ここまで自我について語るときに、当時使われていた「非我」という言葉を使い、

「他者」という言葉を避けてきた。しかし、自我について論じる時、他者という概念を使わないですますことはできない。自我論も、大正に入った頃からやや傾向が変わってくるのである[14]。

ここに、「自我の範囲」というほぼ同じタイトルの二つの評論がある。一方は、長谷川天渓「自我の範囲」（『読売新聞』明治四十一年五月三十一日）、もう一方は、西宮藤朝《にしのみやとうちょう》「「自我」の範囲」（『反響』大正四年五月）である。

長谷川天渓の方は、岩野泡鳴の「無解決」主義に疑問を呈するものだが、ここで注目したいのは、「無解決を主張する君は、いかにして非我の存在を否定し得るのであらうか」といった論理の運びに見られる「非我」という言葉の使われ方である。この当時、自我の対立概念はあくまで「非我」であった。

一方、西宮藤朝の方は、自我が「漠然」としてきたことに疑問を感じ、世界と関わる時に、「「自我」てふ漠然たるものを、或る程度迄其の範囲を極める必要は無いであらうか」と述べるのである。

もう少し例を挙げよう。相馬《そうま》御風《ぎょふう》「自我の権威」（『早稲田文学』大正二年六月）は、自我の対立物として「自然」をあげて論じているし、稲毛《いなげ》詛風《そふう》「自我生活と社会生活」（『時事新報』大正四年二月二十八日〜三月三日）は、そのタイトル通り、自我と社会とを対立物として論じ、両者の調和を説いているという具合なのである。大正年間に入ってから、自我の対立物が具体的に見え始めているのだ。

もちろん、それが他者という言葉で語られることはない。しかし、人々は他者に気づき始めていた。たとえば、「心」への関心の高まりがその一つの現れである。一柳廣孝によれば、当時心霊学は「科学」であった[15]。もちろんそうした「心」への関心は、通俗的な形に表れて、はじめてある時代のパラダイムを形成する。

菅原如庵ほか著『人心観破術』（文耕堂書店ほか、明治三十三年四月）や後年の『人心観破法』（大東社、大正十三年一月）に至るまで、「心」に関する類書は多い。明治、大正の修養書のブック・メーカーでもある蘆川忠雄にも『読心術修養』（実業之日本社、明治四十年一月）や、「読心術としての常識」という項目を含む『常識の修養』（実業之日本社、明治三十八年十一月）などの書物がある。

こうした書物には共通した発想が見られる。それは、人の外観から「心」を読もうとすることである。骨相学的パラダイムによっていると言っていい。それは、登場人物の変貌を書き込むことで、その性格ばかりでなく、ストーリーまで先取りする手法として、小説にも取り入れられている。

ついでに言えば、蘆川には『交際術修養』（実業之日本社、明治四十二年二月）とか『談話術修養』（実業之日本社、明治四十三年十一月）などの本もあるが、「交際」も「談話」もこの時期のキーワードの一つであった。都会で見知らぬ他者と出会い「談話」することが、人々の日常生活になったのである。むろん、「人心」はその時に「観破」しなくてはならない。

女という性的な他者

では、文学的他者とは誰か。

「鶴の心が見たい」。これは、『お目出たき人』の「自分」の思いである。この思いによって『お目出たき人』は完全な独善から救われているが、「自分」は「自我のない女に自分の心の内の秘密を人にもらすだけの勇気はない」と諦めてしまう。

なるほど、自我のない女の心は見ることはできない。旧式の婦人の礼法は、動かないこと、「心」を外に出さないことであった。女の心は、つまり他者の心は、そうたやすく「見」ることはできないのだ。

もちろん、文学的他者もまた通俗化されたパラダイムと共犯関係にある。

明治の後期には、女性の「心」を解説した本が相次いで出版されている。村田天籟『婦人の心理』(実業之日本社、明治四十四年六月)、今井政吉『女の心理』(東海堂、明治四十四年十月)、高賀詵三郎『婦人の心理』(光風館、大正四年七月)、雀部顕宜『女性の心理』(北文社、大正六年五月)など、これも類書は多い。

これらに共通するのは、女性の心理を「医学的」「科学的」に説明しようとする姿勢である。たとえば最後にあげた本では、「女性心理を研究するに当ては、先づ生理学や生物学の立場から男女の特性を述べ……」と本論が始まるのである。これらが、どんな結論を導くかは言うまでもないだろう。「生理学」や「生物学」を根拠として、女性が男性とは違っている理由を、いや劣っている理由を説くのである。そこには他者はいない。説明可能な客体があるだけだ。文学は、女性の「心」を「見る」ことができる、女性という他者と出会うことができる数少ないジャンルの一つだった。

ここで、三四郎と「汽車の女」とのかかわりを読み直してみよう。上京途次の名古屋で見知らぬ女と同衾する羽目になって、「行ける所迄」行ってもみなかった三四郎は、たぶん童貞である。彼は二十三歳だが、その地方ごとに性的なイニシエーションが残っていたこの時代に、二十三歳の男性が童貞というのはかなり思い切った設定だと言っていい。彼に性的な欲望がなかったわけではない。というのも、三四郎が前夜のことをこんな風に思い出しているからである。

元来あの女は何だらう。あんな女が世の中に居るものだらうか。女と云ふものは、あゝ落付て平気でゐられるものだらうか。無教育なのだらうか、大胆なのだらうか。それとも無邪気なのだらうか、要するに行ける所迄行つて見なかつたから、見当がつかない。思ひ切つてもう少し行つて見ると可かつた。けれども恐ろしい。（一）

三四郎は、昨晩自分がどういう状況に置かれ、行き着く先が何であったかをはっきりと理解してはいる。三四郎に性慾があったこともはっきりしている。しかし、三四郎は、それはすべて女のせいだと信じているのだ。『三四郎』研究は長い間、この三四郎の自覚をそのまま信じてきた。そこで、「誘惑したのは女だ」と考えた。もっとはっきり言えば、この時性慾は「女」の側にだけあったと考えたのである。

実は、この考え方は当時のセクシュアリティーのあり方からして自然ではない。極端に言えば、当時女性には性慾はないと考えられていたからである。ひかえ目に言っても、女性の性慾は受け身のものだと考えられていた。だとすれば、三四郎は、この時「女の性慾」という他者と出会っていたのだ。だが、それは当の三四郎には意識されていない。彼は知らぬ間に、他者に出会っていたのだ。

漱石文学の中で、狂おしいまでに他者としての女性を求めているのは、『行人』の一郎であろう。

「他《ひと》の心は外から研究は出来る。けれども其心に為つて見る事は出来ない」と一郎は言う。彼は「人心観破法」では満足できないのだ。「おれが霊も魂も所謂スピリツトも攫《つか》まない女と結婚してゐる事丈は慥《たしか》だ」。

一郎の妻お直は、なぜ一郎にとっての他者たり得たのか。その理由は、一郎が最もよくわかっている。

「一度打《ぶ》つても落付いてゐる。二度打《ぶ》つても落付いてゐる。三度目には抵抗するだらうと思つたが、矢つ張り逆らはない。僕が打てば打つほど向ふはレデーらしくなる。そのために僕は益無頼漢《ごろつき》扱ひにされなくては済まなくなる。僕は自分の人格の堕落を証明するために、怒を子羊の上に洩らすと同じ事だ。夫の怒を利用して、自分の優越に誇らうとする相手は残酷ぢやないか。君、女は腕力に訴へる男より遥かに残酷なものだよ。僕は何故女が僕に打たれた時、起つて抵抗して呉れなかつたかと思ふ。抵抗しないでも好いから、何故一言でも云ひ争つて呉れなかつたかと思ふ。」（「塵労」三十七）

『道草』のお住同様、「動かないこと」が、彼女を一郎にとっての他者に仕立て上げるのだ。お直は、和歌の浦の夜に、二郎に向かって「大抵の男は意気地なしね、いざとなると」と言い放つ。三四郎にとっての「汽車の女」のように。この時、お直は二郎にとっても他者になったのだ。しかし、〈読者〉にとっても同じというわけではない。お直が二郎と二人きりで一夜を明かし、それを二郎が「報告」することで、〈読者〉にはお直が他者として「見えて」くる。

すなわち、二郎という男の目を通して語られたとき、お直はまったき他者となったのだ。思えば、漱石文学の女たちは皆そうだった。三四郎、代助、宗助、須永、一郎・二郎、〈先生〉と青年、健三、津田……。これら男たちの死角で、女たちは性的な他者としての相貌を見せ始めていた。それが文学の仕事でなくて何だろう。

第五章　神経衰弱の男たち

1　性差のある病

時代が必要とした二つの「病」

漱石の生きた時代、様々な制度において、また様々な言説において、男と女ははっきりと差別されていた。政治、社会、教育といった制度は言うまでもなく、新聞、雑誌、書物などの言説においても、また同様だった。

おそらく、この差別は圧倒的な編成力をもって日常生活の隅々に到るまで浸透し、人々の言動や内面をも規定していた。だから、この時代を小説に写し取ろうとするなら、とりあえずは登場人物の言動に、そうした差別がはっきり表れてしまうだろう。

しかし、たとえば『道草』のお住が夫の健三に常に敬語を使い、逆に健三が妻のお住にいっさい丁寧語を使わないからと言って、それをそのまま作者漱石の差別意識の現れだなどとする類の幼稚な議論が成立しないように、この問題は、書かれた事実を実体化して、ある要因だけを小説から切り離して論じることはできないのである。

それに、実のところ、漱石文学の男たちは、社会の中での男の特権性を少しも自己の自然としてはいない。それどころか、むしろ常に「男らしさ」に異和を感じ、異議申し立てを行っているとさえ言える。

もっとも、彼らのほとんどははじめから社会へ出ていかず、男だけに許された高等教育を受けているにもかかわらず、社会に対して支払うべき義務を果たしていない。このこと自体、すでに雄弁な自己表現たり得ているが、その結果、当然、彼らの生きる場は身近な範囲に限られることになる。漱石の小説に現れたテーマ群が家、家族、家庭といった要因に集中しているのはそのためである。

これらのテーマが身近であるがゆえに、彼らの異和感は身体レベルにまで及ぶことになる。個別的なセクシュアリティーの問題が浮かび上がって来る理由がここにある。彼らの多くは神経衰弱を病んでいるが、病こそは人を個の世界に連れ戻す負の祝祭空間であって[1]、しかも神経衰弱は、個と個、個と制度との葛藤が引き起こす、すぐれて関係的な病なのである。

この時代、神経衰弱とほとんど同じ意味を持つ病があった。ヒステリーである。明治の中頃から大正期にかけて、神経衰弱は男の、ヒステリーは女の病であり続けた。多少なりとも医学的な言説では、神経衰弱もヒステリーも、いずれも男も女も罹り得る病だと繰り返し説かれていたにもかかわらず、この二つの流行の病には厳然たる性差があったと言ってよい。病がジェンダー化していたのだ。

極端に言えば、精神的障害や原因不明の身体的障害が、男に起こると神経衰弱、女に起こるとヒステリーということにされてしまう。それどころか、男が少しでも煩悶の様子を見せれば神経衰弱、女がちょっとでも興奮しようものならヒステリーと呼ばれていたようだ。それでいて、あたかも不治の病であるかのような、どこか暗い響きを伴っていたのである。

神経衰弱とヒステリーはどのような病なのだろうか。実は、この問いは、神経衰弱とヒステリーがどのような言葉で語られていたかを問うことと同じなのである。それは、この二つの「病」がはっきりとある時代の刻印を帯びているからである。神経衰弱とヒステリーは時代とともに生まれ、時代とともに消えた「病」なのである。言い方を換えれば、ある時代が必要とした「病」なのだ。

明治三十年、「病」のデビュー

ここでは、神経衰弱とヒステリーが一般に定着し始める明治三十年代の説明と、流行の病となった大正初期の説明とを見ておきたいが、例によって、より一般的で通俗的な言説を引くことにしよう。

はじめに引くのは東京日本薬学協会講師鴨田修治ほか著『通俗衛生顧問』（大倉書店ほか、明治三十三年六月）、後に引くのは「神経衰弱とヒステリー」（『婦女新聞』大正四年四月九日）。後者は「ミツワ石鹸」の広告記事で、神経衰弱もヒステリーも「ミツワ石鹼」を使うことで治るのだと言う。

まず『通俗衛生顧問』から。

○神経衰弱《しんけいのよはり》

神経《しんけい》の衰弱《よはり》はその遺伝《ゐでん》ある男子に多く、重病《ぢゆうびやう》の後ち、手淫《しゆいん》、房事過度《ぼうじかど》、精神の疲《つか》れ及ひ身体《しんたい》の衰弱《よはり》等より発す。

神経《しんけい》の弱《よはり》たるものは心地《こゝち》鬱陶敷《うつとうしく》、頭重《あたまおも》く、或は頭痛《づつう》、眠る能はさるか或は睡眠《ねむり》に過き、身体《からだ》に倦惰を覚へ、記憶力減弱《きおくのちからげんじ》、眩暈《めまひ》、夢《ゆめ》を見ること多く、交際を忌《い》み憚《はゞか》り、四肢《てあし》に冷たき感を覚ゆ

治療法は、栄養のある食事をし、薬を飲み、そして「電気《えれき》、海水浴」がよいと言う。

ヒステリーはどうだろうか。

○弊私的里《ヒステリー》

此病は女子に発する一種の神経にして、俗間には之を、気鬱《きふさぎ》、癇性《かんしよう》、因循病《ぶらぐやまひ》等と称す、此病は遺伝《いでん》することあり、子宮病及陰部《いんぶ》の病、月経不順《つきやくふじゆん》等に発し亦卵巣《らんそう》の病、流産《りうさん》及ひ産後《さんご》等より将来することあり、殊に貧血《ひんけつ》、萎黄病《あをのやまひ》、及孱弱《よはき》の体質のものに多しとす、而して此病は可婚期前《よめいりどき》に発するは稀にして大抵その以後なりとす

此病は物を考《かんが》ふる力は尋常なるも情意《こゝろもち》は一変して忽ち泣《な》き忽ち笑ひ屢々精神《せいしん》を労するを厭《いと》ひ且つ何事《なにごと》も惰勝《なまけがち》となる是れ為すこと能《あた》はさるにあらすして為ざるなり又酣睡《よくね》るも其顔を吹《ふ》くときは直ちに醒覚《さむる》ものなり

この本によると、ヒステリーは、頭痛、「偏頭痛《かたづゝう》」、「胃痛《ゐのいたみ》」、「痙攣《ひきつけ》」、「嚥下困難《のみこむことこんなん》」、「尿閉《しようべんつかへ》」、「陰膣痙攣《いんぶのひきつけ》」など実に様々な症状を訴えるが、「多くは詐なり」と言うことになる。ヒステリーが演技であるという、その後も引き継がれる認識を示しているのである。

神経衰弱、ヒステリーいずれの記事にも共通していることは、この時期には病名の読み方、表記の仕方、別名のあり方などを含めて、まだ安定していないということである。明治三十年代が、まだ定着期だったことを窺わせる。

また、原因の説明において、男性の場合は性的な、女性の場合は性器的な要因が強調されていることにも注意しておきたい。この本では、神経衰弱は「脳の諸病」の章の最後に、ヒステリーは「婦人の病」の章の最後に置かれている。これは、当時の一般的な認識を示している。

社会進化論的パラダイムと「病」

次は、『婦女新聞』の記事の方である。

▲神経衰弱《しんけいすゐじやく》の原因

親《おや》が神経衰弱《しんけいすゐじやく》や其他《そのほか》の神経病《しんけいびやう》に罹《か》つて居《ゐ》るとか、大酒家《おほざけのみ》であるとか、老年《らうねん》で結婚《けつこん》したとか、肺結核《はいびやう》、梅毒《ばいどく》、癌腫等《がんしゆなど》の重《おも》い病《やまひ》に罹《か》つて居《ゐ》るときは、其子《そのこ》は神経衰弱《しんけいすゐじやく》を起《おこ》し易《やす》い、又学者学生《またがくしやがくせい》や商人《しやうにん》の如《ごと》き精神《せいしん》を使過《つかひす》ぎる者《もの》、名誉心《めいよしん》の強《つよ》い者《もの》、体育《たいいく》の足《た》らぬ者等《ものなど》は屢々此病《しばしばこのやまひ》に侵《をか》される。又重《またおも》い伝染病《でんせんびやう》、手淫《しゆいん》や房事《ばうじ》の過度《くわど》、花柳病《くわりうびやう》、頻繁《ひんぱん》なる分娩久《ぶんべんひさ》しい間《あひだ》の授乳等《じゆにうなど》は此病《このやまひ》の原因《げんいん》となる、近頃此病《ちかごろこのやまひ》は倍々増加《ますますぞうか》したが、それは社会《しやくわい》の進歩《しんぽ》に伴《つ》れて、總《すべ》ての仕事《しごと》が複雑《ふくざつ》となり、精神《せいしん》を使《つか》ふことが愈々多《いよいよおほ》くなつたからである而《そ》して男子《だんし》は婦人《ふじん》よりも劇《はげ》しく生存競争《せいぞんきやうさう》を行《や》るから、男子《だんし》は婦人《ふじん》に比《くら》べて、此病《このやまひ》に襲《おそ》はれることが遥《はるか》に多《おほ》い。

▲ヒステリーの原因《げんいん》

此病《このやまひ》は遺伝《ゐでん》して起《おこ》つたり、他《ほか》の神経病《しんけいびやう》に合併《がつぺい》して起《おこ》る。又不《またふ》適当《てきたう》なる生活《せいくわつ》や教育《けういく》によつて、幼《をさな》い時《とき》から精神《せいしん》や身体《からだ》を使《つか》ひ過《す》ぎると、既《すで》に幼時《えうじ》から或《あるひ》は年頃《としごろ》になつてから此病《このやまひ》を起《おこ》す。又苦心《またくしん》、焦慮《せうりよ》、失望《しつばう》、恋愛《れんあい》、慕郷《ぼきやう》、憂愁《いうしう》、驚愕《きやうがく》、忿怒《ふんど》、恐怖《きようふ》などの如《ごと》き精神興奮《せいしんこうふん》は此病《このやまひ》の原因《げんいん》となる。又種々《またいろいろ》の慢性且衰弱性《まんせいかつすゐじやくせい》の病《やまひ》 例《たと》へば腸《ちやう》チブス、インフルエンザや胃腸《ゐちやう》、心臓《しんざう》、肝臓等《かんざうなど》の病《やまひ》の後《のち》に起《おこ》る次《つぎ》に酒《さけ》、煙草《たばこ》の濫用《らんよう》、有《いう》鉛白粉《えんおしろい》の中毒《ちうどく》も此病《このやまひ》を起《おこ》す。又頻《またしき》りに妊娠分娩《にんしんぶんべん》すること、手淫《しゆいん》や生殖器病《せいしよくきびやう》などは屢々《しばく》是《これ》が原因《げんいん》を為《な》すもので、此病《このやまひ》は男子を侵《をか》すことは少《すくな》く大抵《たいてい》春機発動期《しゆんきはつどうき》即《すなは》ち年頃《としごろ》の婦《ふ》人《じん》を襲《おそ》ふものである。

先の『通俗衛生顧問』の記述と比べると、神経衰弱もヒステリーも「病」として安定しているのがよくわかる。つまり、抑圧の力をそれだけ強めている。また、神経衰弱が生存競争の「病」という社会進化論的パラダイムによって語られるようになっている一方、ヒステリーはセクシュアリティーの病としての性格を強めている。社会的な性役割を説明原理としている以上、神経衰弱もヒステリーも性差のある病とならざるを得なかった。

機械としての脳

明治との比較では、ヒステリーが結婚後から結婚前の病とされるようになったことが大きな意味を持つ。女性の処女性神話の確立と軌を一にしているからである。結婚後の女性のセクシュアリティーがヒステリーという病として封印される時代を経て、婚前の女性のセクシュアリティーがヒステリーという病として封印される時代へと移行したのだ。

神経衰弱の方はどうだろうか。

教育の力によって社会進化論的パラダイムが支配する社会を勝ち抜き、立身出世するためには、「脳力」を付ける必要があった。明治期から大正期にかけて、「脳」が特権化されることはよく知られている[2]。蘆川忠雄『頭脳明快法』（実業之日本社、明治三十九年三月）とか、佐野彪太『頭脳衛生』（公文書院、大正二年一月）などの「脳力」の解説書が次々に出版される状況と、神経衰弱が生存競争と結びつく過程は表裏をなしていたのである。

これらの「脳力」重視の方向には、「脳」を「肉体」の一部として扱う傾向があった。先の『頭脳衛生』に「脳の労働と疲労」という章が設けられているのは、その端的な現れである。谷内田浩正が指摘するように、それは「肉体」をほとんど機械のように鍛えようとする「運動」の奨励とも結びついている[3]。『婦女新聞』の「精神を使過ぎる者」とか「精神や身体を使ひ過ぎると」といった記述も、同じ思想を共有している。

いや、「脳」も機械なのかもしれない。『頭脳衛生』で言う「間断なき使用は不可」とは「脳」のことなのである。「普通の機械ならば只蒸気力で幾時間動かして居つても大した損害はなからうけれど、我々の脳を単なる機械の様に思つて使つた日には遂には直り損つて了ふ」という記述が、逆に「機械としての脳」という思想を炙り出している。

「脳」には睡眠が第一

そこで、休息が問題として浮上することになる。衛生書には休養や休息の必要を説くものが多いが、「脳」の休息とは睡眠である。当時は、睡眠は十分問題化していた。『頭脳衛生』にも「睡眠時間の長短如何」という章がある。三宅秀『安眠法』(廣文堂書店、明治四十五年二月)とか富士川春也『安眠法と早起方』(日本書院、大正六年十一月)といった本も刊行されている。

先の『通俗衛生顧問』の神経衰弱の項には、睡眠の異常が原因としてあげられていたし、富士川によれば、女性のヒステリーは寝不足の翌日に多いことになっている。『婦女新聞』も、結婚後の女性がヒステリーの症状を呈するのは睡眠不足のせいだとする記事を載せている(「睡眠不足の婦人」大正四年九月二十四日)。いずれにせよ、神経衰弱とヒステリーの養生には睡眠が第一ということになる。

こうした事例からは、人間そのものを「機械」と見なすような思想圏が透けて見えてくる。この時代、神経衰弱とヒステリーは単に「精神」の病ではない。「肉体」の病でもあった。だからこそ、この二つの病には容易に可視化できる「肉体」上の条件、すなわち性別が反映されたのに違いない。多くの社会的な性役割の説明も、こうした「肉体」的条件を「医学的」根拠としていたのである。

当時、社会的性役割の説明は進化論=生物学を基にしていた。生物に雌雄の別があるように人間にも男女の別があると気づいたのだ。それが「両性問題」としてクローズアップされ、そして性役割の違いへと向かった。だから、この二つの病が社会進化論の圏内にあることは、自然のなりゆきだったと言えよう。

神経衰弱とヒステリーに個人と他者との葛藤が現れるのも、それが実体的な病ではなく、こうした言葉の束によって編成された病だからだろう。しかし、神経衰弱もヒステリーも幻ではない。現に「症状」はある。それをどう意味づけるかが、言葉の政治学なのである。

2　隠喩としての病

神経衰弱は死にいたる病か

漱石文学の男たちは、二、三の例外を除いて、ほとんど神経衰弱の患者ということになるが、『吾輩は猫である』において戯画化された神経衰弱は、神経衰弱という病が持っていた隠喩の力をむしろはっきりと語り出している。

吾輩は近頃運動を始めた。猫の癖に運動なんて利いた風だと一概に冷罵し去る手合に一寸申し聞けるが、さう云ふ人間だつてつい近年迄は運動の何物たるを解せずに、食つて寝るのを天職の様に心得て居たではないか。無事是貴人とか称へて、懐手をして座布団から腐れかゝつた尻を離さゞるを以て旦那の名誉と脂下つて暮したのは覚えて居る筈だ。運動をしろの、牛乳を飲めの、冷水を浴びろの、海の中へ飛び込めの、夏になつたら山の中へ籠つて当分霞を食へのとくだらぬ注文を連発する様になつたのは、西洋から神国へ伝染した輓近の病気で、矢張りペスト、肺病、神経衰弱の一族と心得てい丶位だ。（七）

ここで〈猫〉に揶揄されている運動、牛乳、冷水浴や冷水摩擦、海水浴、夏の健康法などは、どれも明治になってから輸入された西洋流の健康法を代表するものばかりである。

それは日本では「衛生」と呼ばれた。試みに、この頃刊行された千葉勝景、鹿島櫻巷共編『家庭衛生訓』（博文館、明治三十八年六月）の目次を引いておこう。「健全なる家庭、小児の衛生、母の衛生、父の衛生、衛生化粧術、住居と衣服、入浴の注意、海水浴、温泉浴、家庭看護、夏と神経、運動衛生、玩具、食品の心得、家庭の模範」という具合である。

「小児の衛生」の章には「牛乳の事」という項目が、「入浴の注意」の章には「冷水浴と冷水摩擦」の項目がある。〈猫〉の言う通り、「夏」が衛生にとって特別な季節だったこともわかる。それも含めて、ここには〈猫〉が揶揄する衛生法がすべてあげられているのである。

特に、「冷水浴と冷水摩擦」は、神経衰弱にも効くとされて、大澤健二口述『冷水浴と冷水摩擦』（文星堂ほか、明治四十四年七月）、遠山椿吉『実験冷水摩擦法』（廣文堂書店、明治四十五年三月）などが相次いで刊行されている。当時流行の健康法だったのである。

こうした、身体をめぐる「医学的」な健康法が「衛生」なのである。家庭婦人用の教養書や実用書には「衛生」という項目が立てられるのが一般的だったし、何よりも明治二十一年の『婦人衛生会雑誌』の創刊（明治二十六年に『婦人衛生雑誌』となる）は象徴的な出来事だったと言ってよいだろう。〈猫〉は、まずこうした「衛生」の思想を揶揄していたのである。

もっとも、腹痛や下痢だけでなく、肩凝りや風邪にも浣腸を奨励するなどの、治療なのか暴力なのかほとんど選ぶところがないように見える奇妙な衛生法が大真面目で説かれたのも事実だから（村井弦斎『増補・婦人の日常生活法』実業之日本社、明治四十年五月）、揶揄されてもしかたのない側面はあった。実際、こうした事例には事欠かないのである。〈猫〉の挙げる「山の中へ籠つて当分霞を食へ」などという健康法は、こうした事例と地続きになっている。過度の信頼がほとんど医学を迷信化させてしまった衛生思想の一面を、〈猫〉はみごとに見抜いているわけだ。

その上で〈猫〉は、ペスト、肺結核、神経衰弱を衛生思想と同じ程度の輸入病と皮肉っていることになるのだが、もちろん、ここでは病そのものではなく、病のもつ隠喩の力を皮肉っているのである。隠喩の力において、神経衰弱は、当時まだ死病として恐れられていたペストや肺結核と同列に扱われていることになる。事実、『通俗衛生顧問』には、「ペスト（黒死病）」も肺結核も同じページ数を割いて解説されているのである。

そして、『吾輩は猫である』においては、その後、神経衰弱は生死の問題や自殺とからめて語られている。

神経衰弱は男たちの存在証明

『吾輩は猫である』には、神経衰弱が担っていたもう一つの隠喩の力も語られていた。これは、独仙の説である。

「吾人は自由を欲して自由を得た。自由を得た結果不自由を感じて困つて居る。夫だから西洋の文明抔は一寸いゝやうでもつまり駄目なものさ。之に反して東洋ぢや昔しから心の修行をした。その方が正しいのさ。見給へ個性発展の結果みんな神経衰弱を起して、始末がつかなくなつた時、王者の民蕩々たりと云ふ句の価値を始めて発見するから。」（十一）

神経衰弱は「文明の病」であり、「勤勉の結果」なのだから「名誉の病」のように思うかもしれないと、狩野謙吾という医師は書いている（『神経衰弱の予防法』新橋堂書店、明治三十九年四月）。彼はまた「一体神経衰弱は人の仕事が繁雑になるに伴れて起り、国が文明に進むと共に多くなるのは動かされない事実」（『神経衰弱自療法』新橋堂書店ほか、明治四十二年十一月）とも書いているが、これは当時の一般的な認識のレベルそのものであった。

ちなみに、この二冊は『漱石文庫目録』（東北大学附属図書館、一九七一・一〇）に登録されており、漱石の蔵書だったことがわかる。

独仙の説では、さらに、神経衰弱は「自由」や「個性」と引き換えに手にしなければならなかった「病」として意味づけられている。つまり、神経衰弱を「文明の病」と言う時、社会と個人との軋轢が引き起こすだけではなく、個人の自立度こそが神経衰弱の要因だと考えられているのである。

こうした神経衰弱に対する認識のあり方は、漱石文学にほぼ一貫して見られるものなのだ。特に『吾輩は猫である』において西洋の病として強く意識されているのは、これが男たちの物語だからであろう。

と言っても、彼らは文明社会の中での立身出世を望む人間ではない。逆に、彼ら「太平の逸民」たちは、まさに西洋流の教育システムの中で成長し、急速な勢いで文明化してゆく社会に出る資格と義務を持ちながら、それをのがれた者たちばかりなのである。彼ら「太平の逸民」たちが社会に対して斜に構えた時、神経衰弱は、まさに社会システムや習慣から個人の内面までをも変革し支配する西洋文明の陰画と見えたのである。彼らはその陰画の中に生きている。

それは、こういうことでもある。いかに揶揄的に語ろうとも、社会からドロップアウトして、社会的な男性性を喪失したこの高等遊民たちにとっては、神経衰弱こそがほとんど唯一の存在理由とならざるを得なくなるということなのだ。神経衰弱からは、文明からの挫折といった男たちの物語がすけて見える。そして、こうした見え方にこそ、神経衰弱という「病」のジェンダー構成が如実に現れているのだ。

女が神経衰弱になる時――『虞美人草』

このように、神経衰弱は、社会の制度を否定的に刻印された「病」といった相貌を見せることになる。その意味で、神経衰弱、象徴的な語られ方をするのが『虞美人草』であろう。小野が勉強できなければ神経衰弱、中野が家を継ぐのを拒否すれば神経衰弱など、この「病」のお約束通り、男の社会制度からの逸脱をこう呼ぶのだが、『虞美人草』は、漱石の小説の中では例外的に、女が神経衰弱と呼ばれているのである。

> 欽吾は腹を痛めぬ子である。腹を痛めぬ子に油断は出来ぬ。是が謎の女の先天的に教はつた大真理である。此真理を発見すると共に謎の女は神経衰弱に罹つた。神経衰弱は文明の流行病である。自分の神経衰弱を濫用すると、わが子迄も神経衰弱にして仕舞ふ。（十二）

この「わが子」は欽吾の方を指しているようだが、「謎の女」つまり藤尾の母は、この時、欽吾をはじめとする男たちと熾烈な相続争いをくり広げていたのである。それは、すでに欽吾の手に落ちた〈父〉の遺産をめぐる争いであった。この時代〈父〉の遺産は、現実には長男から次世代の長男へと点と点とをつなぐようにして引き継がれてゆくものだった。だから、明治民法では、戸主の死による「家督相続」と、その他の家族の死による「遺産相続」とははっきりと峻別されていたのである。

この母は、欽吾には「油断は出来ぬ」と考えた時から、すなわち、彼が自分を母として面倒を見てくれないのではないかという疑念を抱いたその時から、男たちの富を奪うことを計画し始めた。つまり、この母は、男たちの物語に加担し始めていたのだ。神経衰弱は、男の社会制度からの逸脱の徴であると同時に、女の男の物語への加担の徴でもあった。

神経衰弱は、社会と個人（男）との境界線上だけでなく、男と女との社会的性差の境界線上にも現れるすぐれた文化記号となっていたと言えるだろう。これは神経衰弱に性別があったからこそ起こる事態だ。性差がぶれて、境界線に触れた時、物語が始まる。『虞美人草』は、まさに母の〈父〉の名への侵犯が引き起こした物語であった。

3　セクシュアリティーの病

身体の異和感が意味するもの

『それから』の三千代は、医者から強度の神経衰弱に罹っていると告げられていた。この時、彼女がすでに代助との心の中での「姦通」に同意した後であったことを考えると、この「病」の宣告は、三千代の、女にだけ貞操を強いた社会の掟への侵犯が、しっかりと刻印されていると言えよう。

物語の編成力から見れば、代助の文明批判の言葉の中にお決まりの形で使われる神経衰弱よりも、三千代の神経衰弱の方がはるかに重い意味を持っているはずだ。少なくとも、言葉の使われ方からはこのように言うことができる。しかし、「生きられた病」という観点からはどうだろうか。代助こそが神経衰弱ではなかっただろうか。

神経衰弱は、「精神の病」であると同時に「肉体の病」でもある。すなわち、「身体の病」なのである。

狩野謙吾は、先の『神経衰弱の予防法』で、神経衰弱の症状として「(一) 過度の心配及病的感覚、(二) 不安、不愉快、(三) 知慧減退、作業力消失」をあげ、さらに肉体的症状として、頭痛、頭重、不眠、動悸、手の掌の汗、手足の冷えや震え、食欲減退、便秘、生殖器障害をあげている。『神経衰弱自療法』の方では、脳、脊髄、心臓、胃、生殖器に症状が現れるとし、特に最後の性的障害に全体のページの半分近くを割いて記述している。

代助が平岡相手に行う文明批判は、彼が働かない理由を説きながら、神経衰弱が暗示している反近代、反西洋といった社会的な隠喩をみごとに語り出している。だが、ここで注目したいのは、たとえば『それから』の冒頭に示される代助の心臓神経症とでも呼びたくなるような仕種であり、刻々と変調を来たしてゆく頭の異和感であり、胃の中に起こる異物感であり、排泄機能の変化なのである。

さらに、代助の物の見え方の異常もある。平岡と議論をした夜に入った風呂で、自分の足がひどく醜く見えたシーンは有名だが、こんな場面もある。「排泄機能に変化を起して」、顔色がよくなかったはずの代助が、父からの縁談を断わる決心をした翌日には、床屋の鏡に映った自分を「例の如くふつくらした頰」と見てしまうのである。代助は、以後この自画像を胸にしまい込んで父の縁談を断わり、三千代に告白することになるのだ。

代助は自画像の歪み、つまり自意識の歪みを意識化することなく、無意識の底に沈めて身体の異和感として受け入れることを強いられているのである。

上半身と下半身の分裂

代助の身体は上半身と下半身に分裂している。鏡の前でうっとりと身づくろいをする代助は上半身のナルシシズムを生きているし、風呂場で自らの足を醜い異物のように見る代助は下半身の抑圧を生きている。もちろん、三千代が上京してからも、確実に三度は待合に通っている代助は、(4)性的障害を抱えているわけではない。

しかし、この三度の待合通いの明示と暗示とが、逆に代助の抑圧のし方を問わず語りに告げている。彼は、たしかに性的障害という形では下半身の抑圧を生きてはいないが、植物、特に花へのやや異常とも言える執着ぶりによって、彼の性愛が現実の対象を持ち得ないものであることが暗示されているからである。後半の切り花や花の香水への偏愛ぶりが、この傾向を助長している。

こうして神経衰弱は、社会的な隠喩の力によって形を与えられた「病」としてではなく、代助の身体によって生きられ、内側から見られていたのではなかったか。これは、「自由」や「個性」と等価に意味づけられるよりも、さらに個的な神経衰弱の生きられ方だと言ってよい。代助が自らの存在様態を、多かれ少なかれ社会的な隠喩の力を持つ神経衰弱という「病」として意識化しないのはそのためだが、だからこそ『それから』(5)では、精神的不能とでも言うべき代助のセクシュアリティーの質が問われたのだ。

精神的不能性は、漱石文学の男たちが共有している性格である。『彼岸過迄』の須永市蔵もその一人であろう。千代子との結婚を「恐れる男」須永は、性慾が嫉妬という精神的な意匠で現れた時、そしてそれを千代子から批難される形で教えられた時、はじめてそれを引き受けることができる臆病な男の一人なのである。

しかし、彼をまで神経衰弱の患者に仕立て上げるのはやめておこう。須永は「自我より外に当初から何物も有つてゐない男」であって、神経衰弱を生きるべき社会性も身体性も持ち合わせてはいないからだ。彼の存在は、神経衰弱を病むにはあまりにも個的にすぎる。

4 アイデンティティーとしての病

宗助とお米の危機の予兆

『門』のお米と宗助は、結婚後六年、何度か出産にまつわる不幸を体験し、ついに子供を得ることができなかったものの、まずは落ち着いた夫婦だと言ってよいだろう。しかし、彼らは世間とは切り離された生活をしながら、二人だけの関係には「結核性の恐ろしいもの」がひそんでいるのをほのかに自覚している。社会との関係を自ら断ちながら、一方で二人の関係は危機をはらみながら濃密であるような夫婦。神経衰弱はまさにこの二つのねじれた関係の境界に、言葉としては軽いニュアンスで現れるのである。

危機のほんのわずかな兆候は、すでに冒頭の縁側（外部との境界領域）での何げない秋日和の日向ぼっこに現れている。こののんびりした光景とは裏腹に、座敷の方にいるお米から見ると、「夫はどう云う了見か両膝を曲げて海老の様に窮屈になつてゐる。さうして両手を組み合はして、其中へ黒い頭を突つ込んでゐるから、肱に挟まれて顔がちつとも見えない」のである。

このポーズそれ自体はマイナスのイメージでもプラスのイメージでもない。それが、「どう云う了見か」「窮屈」「黒い頭」「ちつとも見えない」などの言葉の連なりで書かれる時、どこか自閉的な、他との関係を自ら断った胎児のような感じを与えることになるし、一方で、日向ぼっこをしている老人のイメージも喚起する。こうしたお米からの見え方に、宗助自身のあり方だけでなく、二人の関係に孕まれたかすかな危機の予兆が見え隠れしているのだ。

宗助は危機の予兆をトレースするかのように、「近来」の「近」の字、「今日」の「今」の字がわからないと言い出す。胎児でも老人でもある宗助に実存的な生の感覚、〈いま・ここ〉を生きる感覚が失われていることの証であろう。この物語では、この地点から夫婦のあり方が問われていくことになる。

ここで注目したいのは、彼らが宗助のちょっとした変兆を、どういう言葉で意味づけているかということなのだ。冒頭近くに置かれた、件の文字の場面である。

「貴方何うかして入らつしやるのよ」
「矢張神経衰弱の所為《せゐ》かも知れない」
「左様よ」と細君は夫の顔を見た。夫は漸く立ち上つた。

宗助の生の実感の喪失と、夫婦がそれと自覚しながら隠し持っている危機のモチーフは、この小説をはじめから終わりまで貫いている。それは終わりの一節――「「本当に難有《ありがた》いわね。漸くの事春になつて」と云つて、晴れぐしい眉を張つた。宗助は縁に出て長く延びた爪を剪りながら、／「うん、然し又ぢき冬になるよ」と答へて、下を向いたま丶鋏を動かしてゐた。」――にもよく表れている。「春」を、〈いま・ここ〉にある季節として生きることができない宗助と、お米との会話のすれ違い。こんな風に、終わりの場面は冒頭の場面と呼応しているわけだ。

危機を暗示する神経衰弱とヒステリー

こうしたモチーフの重みを神経衰弱という言葉が、そっと支えている。しかし、神経衰弱の一語を持ち出してすんなり納得してしまう夫婦の会話の調子はいかにも軽すぎはしないだろうか。しかも、ここで夫婦に共有された神経衰弱という「病」は、その後も、この小説では何度か同じような調子で使われることになる。

たとえば、宗助が弟小六の学資問題を解決するために積極的に動かないことを、彼は小六に神経衰弱のためだと説明する。小六は苦笑せざるを得ない。あるいは、その学資問題について叔母とかけ合い、叔母の説明を受けてもうまく対応できないのを、やはり神経衰弱のせいとして自らを納得させる。また、座禅に行って悟ることができなければ、今度は神経衰弱がひどくなったと感じるという具合に。

なるほど、気力や理解力の減退、不安の増大などはたしかに典型的な神経衰弱の症状であろう。しかし、神経衰弱が文明の病であったり、勉勉の代償であったりするなら、すでに社会から降りてしまっている宗助には、そもそも当てはまらないはずなのである。

実は、『門』には、禅や論語に関する言及など、庶民のささやかな立身出世の欲望を言説化した雑誌『成功』にまつわる言葉のネットワークが形成されていた。その言葉のネットワークとのかかわり方において、宗助の無意識の底に眠っている立身出世への欲望を炙り出すことも可能なのである。

だとすれば、この神経衰弱という「病」が持つ隠喩の力は、ちょうど宗助の隠し持っている欲望の陰画《ネガ》のような現れ方をしていると言ってよいだろう。だからこそ、この夫婦は神経衰弱という言葉をあっさりと受け入れることができるのだ。私たちは、いまはこの「病」を通してしか社会と関係が持てないのです、とでも言いたげに。

もっとも、そのために夫婦の抱えている実存的危機のあり方が、神経衰弱という言葉の陰に隠れてしまうようにも見える。だが、たぶんそうではない。繰り返すが、漱石文学にあっては、神経衰弱は半ば社会とのかかわりを意味し、半ば社会からの孤立を意味していたから、宗助のいく分調子の狂った身体を神経衰弱と呼ぶことは、まさに彼の実存的危機を指し示すことにほかならないからである。『門』には神経衰弱に意味の深さを与えているもう一つの要因がある。それがヒステリーなのである。こんな風に登場する。

「小六さんは、まだ私の事を悪《にく》んでゐらつしやるのでせうか」と聞き出した。宗助が東京へ来た当座は、時々是に類似の質問を御米から受けて、其都度慰めるのに大分骨の折れた事もあつたが、近来は全く忘れた様に何も云はなくなつたので、宗助もつい気に留めなかつたのである。

「又ヒステリーが始まつたね。好いぢやないか、小六なんぞが何う思つたつて。己さへ付いてれば」

「論語にさう書いてあつて」

御米は斯んな時に、斯んいふ冗談を云ふ女であつた。（六）

小六は、兄宗助の人生を狂わせた女としてお米をよく思っていないので、その小六を同居させることの不安を語っているのである。家の中で生きるしかないお米にとっては、ほとんど全存在をかけた不安だと言ってよいが、それを宗助はヒステリーと呼び、お米は軽い冗談で応えるのである。神経衰弱がそうであったように、ヒステリーもまた、非日常を日常的凡庸さの中に回収する記号であるかのように見る。

しかし、その裏にはやはり危機が孕まれている。事実、実際に小六と同居を始めると、お米の身体はそれに耐えることができず、体調を崩してしまったうえ、占師が、出産にまつわる三度の不幸は「罪」を犯したからだと述べたことを、宗助に告白することになるのである。それは、できればお米の胸の中にしまっておきたい事柄であった。その時のお米の状態を、宗助はやはりヒステリーと呼んでいる。

小六の同居と出産にまつわる不幸、この一見何の関係もないように見える二つの出来事には、性の危機とでも言うべき共通点がある。同居する次男坊（実質的な）と長男の妻との関係はそれだけでも十分刺激的だが、お米は小六の前では「女学生」のように振る舞ってしまうのだ。

女学生は当時すでに「挑発する『性』の象徴[6]」という文化記号だった。家の中に性の表象が入り込むことは、そのまま家の秩序を壊すことにつながりかねない。一方、出産が性の帰結であることは改めて確認するまでもないだろうが、この夫婦にとっては、それは常に危機の形でしかやって来なかった。しかも、それは罪のせいだとも意味づけられていた。

この二つの出来事は、いずれもお米と宗助との出会いの起源と深く結びついていたのだ。だとすれば、ヒステリーこそが一見日常的で退屈な病の相貌を見せながら、その実こうした危機を隠し持っていたことになる。神経衰弱とヒステリーは、二人の危機を隠しながら表象する点において、みごとに対応しているのである。

ヒステリーは意味する

『門』は、神経衰弱とヒステリーという二つの病の隠喩に、新たな意味と深さを与えている。それが、さらに熾烈な形で表れたのが『道草』にほかならない。

妻のお住に現れる、朦朧状態、ヒステリー弓、自殺企図などは、教科書通りの典型的な「症状」と言ってよい。この当時のまとまったヒステリーの研究書である杉江董『ヒステリーの研究と其療法』(島田文盛館、大正四年七月)の記述にもピタリと当てはまる。

幸ひにして自然は緩和剤としての歇斯的里《ヒステリー》を細君に与へた。発作は都合好く二人の関係が緊張した間際に起つた。(七十八)

「細君の病気は二人の仲を和らげる方法として、健三に必要であつた」ということになるのだが、お住のヒステリーが、現代の日本ではもう見られないような激烈な身体症状として表れ、健三がそれにどのレベルで応えているかという点に注目しておきたいのだ。

現代のヒステリー論では、ヒステリーにはいくつかの要因があると考えられている。第一に、ヒステリーは、抑圧する人間と主従の関係にある弱い立場の人間の病であること。第二に、抑圧する側の人間が冷酷ではないこと。第三に様々な身体症状を象徴行動として解読可能な文化があることなどである。ヒステリーとは、他者の現前を大前提とする非言語的交通《ノンバーバルコミュニケーション》なのである。[7]

　これは、まさに『道草』の夫婦関係そのままである。健三は「権威づくな態度」を取り、お住もそれを容認しているが、一方で、健三は自分を「冷酷な人間ぢやない」と考えてもいるといった具合に。そして、なぜヒステリーに性別があるのかもこれで理解できる。

　『道草』の作中時間は明治三十五年であって、ほぼ『通俗衛生顧問』の時代と重なる。『通俗衛生顧問』では、ヒステリーは結婚後の病とされていた。結婚後の夫婦があたかも「教師」と「生徒」の関係になることが求められていたことは、前に述べた通りである。ヒステリーが、その「生徒」である妻の病であってみれば、弱者である妻の、強者である夫に対する身を挺した反逆なのである。その意味でも、ヒステリーは女性の病でなければならなかったのだ。

　しかし、象徴解読のレベルでは、健三とお住の「非言語的交通」は円滑に行われない。健三は、お住のヒステリーについて「五条にも六条にも解釈」して、ついに結論を得ることができないからである。健三の疑念の源は、ヒステリーがお住の「策略」ではないかという点にある。先の『ヒステリーの研究と其療法』でも、「演出」「狂言」といった言葉でヒステリーの症状を説明していて、健三の疑念には同時代的偏見が作用している側面も見落とせないが、根本的な理由は、健三が、精神のまったき自由を求めているところにある。

ヒステリーについて「講義」のように考え続けても、それは「到底解決の付かない問題」であろう。象徴表現は、それが表す意味をまず記号として解読しなければならない以上、象徴行為を無意識にまで遡れば、すべての象徴表現は作為の産物となるしかない。なぜなら、象徴行為には、それを意味として表現する主体が想定できてしまうからである。

神経衰弱は健三の自我の鎧

その一方で、お住の強烈な身体症状に対しては、健三は身体で応えるのである。たとえば、「彼は能く気の毒な細君の乱れかゝつた髪に櫛を入れて遣つた。汗ばんだ額を濡れ手拭で拭いて遣つた。たまには気を確にするために、顔へ霧を吹き掛けたり、口移しに水を飲ませたりした」という風に。彼は、お住の身体に身体で語りかけようとしている。身体による象徴解読ではなく、身体と身体によるコミュニケーションが、二人をはじめて和解させるのだ。

しかし、身体レベルでの個と個としてのコミュニケーションは、夫婦としての関係を壊してしまうことになる。日常的無意識のうちに、たとえば冒頭で述べた敬語の使い方などに端的に現われているような、夫（男）／妻（女）という性役割を生きている健三には、この身体による関係を耐えることができないからだ。彼には、自分の行為が「細君の膝下に跪づいた」とか、「頭を下げて、出来得る限り機嫌をとつた」としか思えないのである。ヒステリーという「病」は、夫婦が生きている性差を、こうして深いところまでみごとに炙り出してしまうのだ。

一方、不安、イライラ、知力減退、胃腸障害などの典型的な症状を見せる健三の神経衰弱は、ほとんど彼の男としての存在証明になっているかのように見えるのだ。

お住のヒステリーにかかわることによって、ほとんど裸形のまま関係の場に引き出された健三は、書斎にとじこもって家族との関係を断ち、まるで自分自身のアイデンティティーを確認するかのように神経衰弱の症状を自覚しているからである。彼の書斎での時間は、まるで神経衰弱を確認するために過ごされているようにさえ見える。彼の症状は、まさに文明の知の最前線に対してのものであることがわかる。

健三は、文明の病としての神経衰弱を家の中での貴種のように病んでいる。その意味で、健三の神経衰弱は半ば孤立し、そのことによって抑圧の代償であるヒステリーと拮抗し得ているのだ。健三は、神経衰弱であることによって、かろうじて自我の崩壊から身を守っているとさえ言えるだろう。

狩野謙吾が説くように、神経衰弱の要因に性的障害がしまい込まれていても事情は変わらないだろう。神経衰弱は、性的障害という否定的な形でしか性的他者との関係を持ち得ないのだから。漱石文学では、なぜか性は病の表象でしか表れないのである。

男であることの悲劇

『行人』の長野一郎も、孤独な病として神経衰弱を病んでいる。それは、二郎をはじめとする家族の者たちにはついには「狂気」に至る道と見えている。おそらく、それほど、一郎の家族の中での孤立度が高いのである。

一郎の「不安」は、徹頭徹尾〈知〉の言葉――男の言葉で語られる。「人間の不安は科学の発展から来る。進んで止まる事を知らない科学は、かつて我々に止まる事を許して呉れた事がない」と説きはじめる一郎は、「要するに僕は人間全体の不安を、自分一人に集めて、そのまた不安を、一刻一分の短時間に煮詰めた恐ろしさを体験してゐる」と結論するが、こうした誇大な「不安」の内容よりも、それが、「科学」といった〈知〉と結びつけられて語られることの方に注目すべきだろう。

一郎は、まちがいなく性差のある言説で自己の「不安」を編成しているのだ。一郎は、文明の病としての神経衰弱を、さらに尖鋭化させて〈知〉の病に作り変えることで、自らのアイデンティティーを生きていると言えよう。

Hさんが、こうした一郎の言説を引き出し得たのは、何よりも彼の「凡べての原因をあまりに働き過ぎる彼の理智の罪に帰しながら、やっぱり、其理智に対する敬意を失ふ事が出来ない」態度にある。二郎とて大学出の青年だが、彼は大学教授の一郎に対して、常に自分が愚かだという位置からしかかかわろうとはしない。それこそが、長野家での言葉の運命なのだ。

長野家の言葉は、家族／非家族、男／女、父方／母方と様々に分節化、差異化されていたが、一郎のアイデンティティーはさらに、知／愚という差異化を作り出していたからである。これらの頂点に立つ一郎が、自らの言葉を家族とかかわらせようとした時、つまり、男の言説が差異化された家族の言説とかかわる時、物語が始まることになったのだ。

漱石文学において、男であることは神経衰弱を病むことにほかならなかった。すなわち、男として生きることは一つの悲劇だったのだ。その意味で、神経衰弱とは無縁の『三四郎』の小川三四郎、『明暗』の津田由雄の存在は興味深い。彼らはどのような「男」だったのだろうか。

第六章　セクシュアリティーが変容した時代

1　変容するセクシュアリティー

男色をめぐる意識が変化した時代

漱石が小説を書き始めた明治四十年前後は、日本のセクシュアリティーにとって微妙な時期だった。と言うよりも、大きな地殻変動が起きた時期だったと言えよう。田山花袋『蒲団』（明治四十年）の登場によって、性欲が抑圧すべきもの、隠すべきもの、恥ずべきもの、だからこそ告白に値するものとして社会的に公認されたのである。『蒲団』の登場は、文学という制度内部の事件にとどまらない、社会的な事件だったのである。

事実、『蒲団』という固有名詞の周りに様々な主義や事件が引きつけられていった。自然主義、出歯亀事件（主義）[1]、『煤烟』事件[2]……。自然主義は「性欲満足主義」などと言い換えられもした[3]。文学としての『蒲団』が、二葉亭四迷『平凡』（明治四十年）、森鷗外『ヰタ・セクスアリス』（明治四十二年）といった、性欲と告白とを組み合わせたパロディ文学を生み出したことも、性の規範化に大きな役割を果たしたはずだ。

性の規範化とは、性欲の内面化であり、性欲の確認による個人のアイデンティティーの確立である。そればかりではなく、この時期の性の規範化は、異性愛主義の成立を伴っていた。それは、同時に同性愛を「変態性欲」として異端化することでもあった。男色をめぐる意識の変化は、この時期のセクシュアリティーのあり方を測る指標の一つとなる。

男色は明治期の中頃まで、特に学生の間で、特別なものとしてではなく行われていた。生方敏郎《うぶかたとしろう》『明治大正見聞史』（春秋社、大正十五年十一月）にも次のような証言がある。

鶏姦はこの頃の流行り物で、それも勿論薩摩の学生を模倣した結果であるが、彼の外にも鶏姦を実際に犯しつつあったものは幾らもあったので、よく皆が稚児だとか念者だとか話していたものだが、池田の如く短刀を以て脅迫して鶏姦したものは外になかった。

（引用は中公文庫版による）

「鶏姦《けいかん》」とは、肛門性交による男色のことである。男色は、薩摩の兵児二才《へこにせ》制度を中心に学生間に広がっていた[4]。事実、生方敏郎は、この時期、薩摩の学生が「勢力」だったと述べ、「東京の学生の全部の風俗が、ことごとく薩摩の学生の風俗ではなかったか？」、「ただそればかりではない。やはり薩摩人を真似て、学生の間には鶏姦ということがかなり盛んに流行した」とさえ言っている。

生方敏郎は、この時代に、薩摩の学生の習慣を「模倣」し、刃物を使って無理矢理鶏姦（男色）に及んだものを「事件」として取り上げてはいるが、鶏姦それ自体を非難してはいない。それが明治三十二年に学生だった生方敏郎の実感だったのだろう。

しかし、この明治三十年代には、学生の風紀取り締まりによって、男色はすでに「問題」になり始めていた。柳内蝦洲『東都と学生』（新声社、明治三十四年九月）では、次のように述べられている。

学生社会の一部は案外に女色を口にする者少く、或は女色を以て学生の意気を銷磨せしむるものとして極力之を排せんとする者あり、彼等が此の如き見識あるは甚だ喜ぶべき現象なれども、而かも彼等の盲昧なる更に一層大なる罪悪を行ひつゝある也、『美少年』なる者即ち之れ也。

東都に在る学生の中にて比較的年長者と称せらるゝ者は常に年少にして美貌なる学生を捕へ、人としてあるまじき事を為す也、（「年少者と東都」の章）

興味深い一節である。この時期、異性愛はまだ「女色」にすぎなかったし、かつそれは学生にとって好ましいものでもなかった。この記述には、「房事過度」が神経衰弱の原因になるというのと同じ説明原理が働いている。人間を機械のように見なして、その消耗を特に性行為に見いだす性の経済学である。

その上で、「美少年」つまり男色を「人としてあるまじき事」と言っているのだ。学生だった生方敏郎の実感とは違って、これが当時の言説状況だったのである。

生方智子によれば、明治三十年代に入って、学生の構成がそれまでの士族中心から平民中心に変化したことが、士族の習慣である男色を「問題」化させた理由ではないかと言う。また、明治四十年代の時点からかつての男色の習慣を書き込む『ヰタ・セクスアリス』が、男色に対していわば「異常」と「自然」という分裂した意味づけを与えてしまっているのは、「男色と異性愛が全く異なる表象体系にあるから」で、男色を異性愛の表象体系で説明しようとして、語りに妙な捻れが生じているとも言うのだ。[5]

こうしたことが起こるのは、明治四十年代に入ってからセクシュアリティーのあり方が変容したからである。それが、学生の構成の変化にだけよるものでないことは言うまでもないだろう。

煩悶に隠された異性愛

性慾の内面化は、「煩悶《はんもん》」という表象を持った。生方敏郎が、明治三十六年の藤村操《ふじむらみさお》の投身自殺を機に一気に「青年学生の間に」広がった「煩悶」という気分や神経衰弱という病が男色を廃れさせたと述べていることについて、小田亮は次のように分析している。[6]

生方がその時代の空気を吸っていた者として直感的に把握した、煩悶の時代の到来と男色の衰退との結びつきは、明治末から大正期における「性欲の装置」の成立という観点から見るとき、最もよく理解できるかもしれない。煩悶の流行は、自己の内面へのまなざしの成立、つまり内面の発見と関係しているが、すでに見てきたように、その内面へのまなざしの特権的な対象が性欲であった。自己の所有する性欲のコントロール（抑制と活用）が青年の煩悶の種となったのである。

藤村操の自殺の原因については、当初から失恋説が囁かれていた（『東奥日報』明治三十六年七月九日）。だから、この分析は当時の言説状況から言っても説得力がある。

その上に、藤村操が第一高等学校の学生であったことは無視できない要因である。「煩悶」という言葉は、流行するにつれて、いわゆる「青年」だけではなく、女性にも中年にも様々な階層にも広く使われるようになるが、そのはじめの時期は、生方敏郎が言うように高等教育を受けた「青年学生」の悩みの表象だったのである。その意味で、特権化された悩みの形態だったと言えよう。

藤村の自殺は、青年の悩みを「煩悶」へと洗練することで、学生間から男色を駆逐した。「煩悶」にその力があったのは、この悩みの形態に異性愛という新たな性の規範が隠されていたからだろう。

磯田光一は、藤村操が自殺せずに、恋人が人妻になった後になお彼女への思いが断てなかったとしたら、それは『それから』の世界に重なるだろうという見立てを行っている。[7]磯田光一のもくろみは、『それから』に、藤村操を一つの源とする、国家から自律した「知識人」、すなわち「高等遊民」の「成立と崩壊」を読むところにある。ここで注目したいのは、そういう「知識人」のセクシュアリティーの問題なのである。

2 ジェンダー化する男たち

女装する代助

『それから』の冒頭近くに、代助が風呂場で身繕いをする場面がある。この風呂の場面は、彼のナルシシズム的感性をはっきり示す場面として読まれてきた……。

　其処で丁寧に歯を磨いた。彼は歯並の好いのを常に嬉しく思つてゐる。肌を脱いで綺麗に胸と背を摩擦した。彼の皮膚には濃《こまや》かな一種の光沢《つや》がある。香油《かうゆ》を塗り込んだあとを、よく拭き取つた様に、肩を揺《うご》かしたり、腕を上げたりする度に、局所の脂肪が薄く漲つて見える。かれは夫にも満足である。次に黒い髪を分けた。脂を塗《つ》けないでも面白い程自由になる。髭も髪同様に細く且初々しく、口の上を品よく蔽《おほ》ふてゐる。代助は其ふつくらとした頰を、両手で両三度撫でながら、鏡の前にわが顔を映してゐた。丸で女が御白粉《おしろい》を付ける時の手付と一般であつた。実際彼は必要があれば御白粉さへ付けかねぬ程に、肉体に誇りを置く人である。彼の尤も嫌ふのは羅漢の様な骨格と相好で、鏡に向かふたんびに、あんな顔に生まれなくつて、まあ可かつたと思ふ位である。其代り人から御洒落と云はれても、何の苦痛も感じ得ない。それ程彼は旧時代の日本を乗り超えてゐる。（一）

『それから』の発表は明治四十二年。まさにセクシュアリティーの変容が起きている頃の小説である。「それ程彼は旧時代の日本を乗り超えてゐる」ということの意味は、もう説明するまでもないだろう。「男らしさ」にはこだわらないという意味である。では、鏡の中で身繕いをする代助は何をしているのだろうか。

代助はジェンダー化（＝女性ジェンダー化）されているという水田宗子の発言ほど、現在の漱石研究にとって重要なものはない(8)。「代助が家父長制の中で女と全く同じ位置に置かれていて、代助のジェンダーは何かと言ったら、これは家族の中の女じゃないか」。しかも代助は「それを内面化しているので、脱出もできないし、男としてはどこか去勢された感じが付きまとう」とも、水田は言う。

代助のジェンダー化という視座から読めば、いま引用した一節も、代助がいわば「女装」していることがわかるだろう。ここで思い出されるのは谷崎潤一郎の『秘密』である。

『秘密』は『それから』とはまるでかけ離れた印象を与えるが、明治四十四年の発表、ほぼ同時代の小説なのである。『秘密』の主人公は、世間から隠れるために変身する。まさに鏡の前で白粉を塗るのだ。主人公が男であるという意識で読めば、それはマスターベーションに見えるが、肝心なことは彼がまちがいなく女装しているということである。鏡の前での女装願望は、文学的テーマの一つである。その時男のセクシュアリティーは、男という性を持たず、女という性を持つ。代助も同じである。

もちろん、このことは当の代助には意識されてはいない。鏡を覗き込む代助を見ることのできる〈読者〉にだけわかることだ。そう言えば、代助の植物との戯れも、むしろ彼が植物という「女性」であるかのように見えてくる。

　夫から烟草を一本吹かしながら、五寸許り布団を摺り出して、畳の上の椿を取つて、引つ繰返して、鼻の先へ持つて来た。口と口髭と鼻の大部分が全く隠れた。烟は椿の弁《はなびら》と蕊に絡まつて漂ふ程濃く出た。それを白い敷布の上に置くと、立ち上がつて風呂場へ行つた。（一）

これがベッドシーン、それも初夜のそれを連想させることは言うまでもないだろうが、これも描写という名のレトリックによって与えられた効果であって、代助にとってこの一連の行為がこういう有機的な意味を構成するわけではない。

そこで、〈読者〉の特権的な位置から、先の風呂場の場面とこの椿の場面とを再構成すると、花と隠喩の世界で戯れた代助が、風呂場では自らが花に変身する場面と読めよう。読むことのセクシュアリティーの領域においては、代助の無意識の中の「女」が炙り出されるのだ。それは、去勢された代助自身の欲望だ。

男になりたかった代助

ジェンダーとセクシュアリティーは微妙な関係にある。ある程度分節化も可能だろうが、ある程度重なり合う。つまり、セクシュアリティーはニュートラルではない。代助のセクシュアリティーが女性化しているとすれば、それは彼の〈家〉の中での存在様態から来ていると考えることができる。

水田宗子は、〈家〉の中での代助の「商品価値」は女のそれと同じだとも言う。女は、結婚によって〈家〉に貢献させられる。それが代助と同じなのである。だが、さらに隠微なことには、代助は別居を許されているのである。つまり、代助は長井家の別宅に囲い、いわれているのだ。そのような代助の置かれたジェンダー状況が、彼のセクシュアリティーの女性化を決定しているのだろう。

神経衰弱というセクシュアリティーの病を内側から病むことで、代助のいわば精神的不能とでも言うべきセクシュアリティーのあり方が浮かび上がってくることを、第五章で述べた。いま新たに、それは代助のセクシュアリティーの女性化の一つの表れであったと、付け加えなければならないだろう。言うまでもなく、セクシュアリティーは生物学的性差に拘束されない。

しかし、三千代に告白した代助は、社会的に有用な男というジェンダーを生きることを自ら選び取ることになる。『それから』のプロットは、女性ジェンダー化した代助が、男性ジェンダー化することを望む物語に読み換えることができるわけだ。

さらに注意すべきことは、代助の女性化したセクシュアリティーが、〈読者〉の位置を意図的に選ばなければ浮かび上がらないような形に、この小説の中で抑圧されているという事実だ。そのため、代助のセクシュアリティーは「病」のようにしか見えない。これは、漱石文学が深いところで女性のセクシュアリティーを嫌悪し続けた一つの徴でもある。

高等遊民の嫉妬

漱石文学には、代助と似た境遇の男がもう一人いる。『彼岸過迄』の須永市蔵である。

敬太郎に須永といふ友達があつた。是は軍人の子でありながら軍人が大嫌ひで、法律を修めながら役人にも会社員にもなる気のない、至つて退嬰主義の男であつた。

少くとも敬太郎にはさう見えた。尤も父は余程以前に死んだとかで、今では母とたつた二人ぎり、淋しいやうな、又床しいやうな生活を送つてゐる。父は主計官として大分好い地位に迄昇つた上、元来が貨殖の道に明かな人であつた丈け、今でも母子共衣食の上に不安の憂ひを知らない好い身分である。彼の退嬰主義も半は此安泰な境遇に慣れて、奮闘の刺戟を失つた結果とも見られる。といふものは、父が比較的立派な地位にゐた所為《せゐ》か、彼には世間体の好い許りでなく、実際為になる親類があつて、幾何《いくら》でも出世の世話をして遣らうといふのに、彼は何だ蚊だと手前勝手許並べて、今以て愚図々々してゐるのを見ても分る。（「停留所」二）

敬太郎から見れば、自分は「書生」で、須永は「若旦那」である。須永はそのくらい恵まれた境遇にあるが、すでに家督を相続しているだけ、さらに須永の方が代助より恵まれていると言ってもよい。そして、東京帝国大学法科大学出身。「高等遊民」的「知識人」がここにもいる。

その須永が嫉妬を千代子に責められることは、第四章で述べた。千代子は言う。「何故愛してもゐず、細君にしやうと思つてもゐない妾《あたし》に対して」「何故嫉妬なさるんです」。須永の嫉妬は、嫉妬としての実質を持たず、いわば「紙の上の嫉妬」にすぎない。千代子に突かれるのはそこなのだが、彼が「卑怯」に見えたのは、そのためだけだろうか。千代須永は自分は「恐れる男」で、千代子は「恐れない女」だと規定する。だが、この規定のし方は、少なくともジェンダーが捻れてはいないだろうか。そもそも、嫉妬は女性のものではなかったか。第四章で挙げた『嫉妬の研究』は、嫉妬の専門書だけあって、男女両方の嫉妬に言及している。しかし、多くの女性の修養書の類は嫉妬を女性特有の感情として説明しているのだ。

教育と男の嫉妬には関係がある

村井弦斎『婦人及男子の参考』(前出、第三章)は、はっきりこう述べている。「東洋風の教へでは、嫉妬を婦人の悪徳として七去の内に数へて置きます」と。七去とは、言うまでもなく、夫が妻を離縁していい七つの条件のことで、その一つに嫉妬深いことが含まれているのである。

女性の修養書の記述は、こんな具合である。「濃厚なる愛情を有つその裏面に嫉妬心も亦夫れだけ強いと云ふことは、女性の一つの欠点と見て宜しい」(高島平三郎『女の心』洛陽堂、明治四十四年三月)とか、「特に若い娘たちに就いて、公平に観察するに、どうも嫉妬心は男子よりも強烈であることは、争ふべからざる事実であると、私は思ふ」(前出、第四章『女性の心理』)というもの。また、中には、「特に嫉妬の心は女子は男子に比して、競争の場所が狭く、競争の事柄が少ない為に、著しく発する」(前出、第四章、高賀『婦人の心理』)と言った、社会進化論的説明を加えたものもある。

さらには、「女訓叢書などを読んで見ると、イの一番に嫉妬をしてはならぬと戒めてありり」と、嫉妬は女性のものという社会的な認識があることを認めた上で、でもこれからの女は少しは嫉妬した方が好いと説く、西川文子『婦人解放論』（中央書院、大正三年二月）など、枚挙に暇がない。つまり、嫉妬は女性ジェンダー化された感情表出のあり方なのである。

男性論には嫉妬の説明はないのだろうか。

ここに、女性が「本音」を書いた体裁を取る男性論、小島文子『現代男性観』（聚精堂、明治四十四年十一月）がある。小島は「嫉妬は女ばかりがするもの、やうに昔から云はれて居りますが、何うして〳〵男でも随分嫉妬深いものが居ります」と、嫉妬は女性のものという一般的な認識を認めた上で、それは男にもあると説く。そして、「何方かと云へば教育のある方は物の理が解るだけに嫉妬心も深いやうです」と言うのである。教育のない者は相手にうまく丸め込まれるから嫉妬にまで至らないというのが、小島文子の説明だ。

男性には教育と嫉妬という奇妙な結びつきが考えられていたのだ。事実がどうであったかという問題でないことは言うまでもないだろう。問題は、どう見えていたかということだ。教育を受けた者は嫉妬しやすいというのが当時の見え方なのである。高等教育を受けている須永は嫉妬しやすかったことになる。

ここに、須永の感情表出のあり方は女性ジェンダー化していたのではなかっただろうか。ここに、漱石文学の多くの男性主人公たちに共通の性質を見ることができる。兄を「元来女の様な性分」と言う『坊っちゃん』の主人公や、まだ自我のない『三四郎』の主人公を数少ない例外として、漱石文学の主人公たちは女性ジェンダー化していると言えるだろう。

こういうことだ。『それから』の代助は、〈家〉の中でのあり方それ自体が女性ジェンダー化していて、それが彼のセクシュアリティーのあり方まで規定していた。もちろん、これには、男性がセクシーになることが女性化と見られるような社会的な男女観の問題も関わっているだろう。一方、『彼岸過迄』の須永は、感情の表出の仕方が女性ジェンダー化していた。問題は、ではなぜ彼らが女性化するのかということだ。

健三のゆらぐセクシュアリティー

『道草』の健三の場合を考えてみよう。

お住と健三との葛藤の原因の一つが、男性観の違いにあることは前に述べた。お住の男性観は、彼女の実父とその周辺の数人の男たちによって形成されていた。それは、高級官僚として明治国家の中心を担った男たちで、近代的立身出世の体現者たちであった。明治初期の近代日本が求めたいわば士族的な男性性は、この立身出世のパラダイムに回収されて行ったのである。そこで、手腕がある、役に立つということが、あるべき男性性を象徴することになる。お住が健三に投げかける「男の癖に」という言葉には、こういう背景がある。

「御前は役に立ちさへすれば、人間はそれで好いと思つてゐるんだらう」

「だつて役に立たなくつちや何にもならないぢやありませんか」

生憎細君の父は役に立つ男であった。彼女の弟もさういふ方面にだけ発達する性《た》質《ち》であつた。これに反して健三は甚だ実用に遠い生れ付であつた。

彼には転宅の手伝ひすら出来なかつた。大掃除の時にも彼は懐手をしたなり澄ましてゐた。行李一つ絡《から》げるにさへ、彼は細紐《ほそびき》を何う渡すべきものやら分らなかつた。

「男の癖に」

動かない彼は、傍のもの、眼に、如何にも気の利かない鈍物のやうに映つた。彼は猶更動かなかつた。さうして自分の本領を益反対の方面に移して行つた。

（九十二）

ここには、あるべき男性性からズレてしまった男がいる。なぜ、彼のような男が生まれたのだろうか。

明治の初期までは、士族的な男性性と立身出世のパラダイムがほぼ一致していた。薩摩の男色が学生間に流行っていた時期である。この時期には、士族にとっては男性性とセクシュアリティーとの乖離が意識されなかった。あるいは、そもそもそういう規範が弱かった。

ところが、平民が学生の過半数を超え始める明治中期以降には、男性性とは別に、あたかもニュートラルな形で立身出世というパラダイムが存在するかのように見えて来たので、セクシュアリティーが個の領域の問題として自立したのだろう。これが、この問題の前提である。健三の場合は、さらに別の要素も加わっている。

立身出世が高等教育によって支えられていることは言うまでもない。健三のアイデンティティーも、自分が高等教育を受けた学者だというところにある。しかも、彼の自意識がどうであれ、健三が現実に大変なエリート知識人であることは紛れもない事実なのだ。

しかし、それでいて、彼は社会の中では立身出世の中心からは外れてしまっている。当時、立身出世の中心は高級官僚になることであった。しかも、健三は彼が受けた教育に見合った収入さえ得ていない。たとえば、彼の月収は養父の島田の見立ての六分の一にも満たないのだ。

もちろん、健三が大学教授としての仕事に何の疑いもなく誇りを持てれば、つまりアイデンティファイできればいい。しかし、健三はそうできない。たとえば彼は、お住のヒステリーの発作の意味を計りかねて、「其解決は彼の実生活を支配する上に於て、学校の講義よりも遥かに大切」だと感じる男なのである。もし、大学の講義の方が大切だと言いきれる男なら、健三はお住の父と男性性の質の違いについてはっきりと対峙できたはずだ。

健三の男性性は、立身出世とも現在の彼の地位ともアイデンティファイしない。健三の男性性は、それ自身が、彼の個の領域の問題として自立するのである。健三は性的なアイデンティティーの拠り所を持たない男なのだ。もし妻のお住が健三に「男らしく」あることを望まなかったなら、健三のセクシュアリティーは女性ジェンダー化しても不思議ではなかった。健三のセクシュアリティーにはそのようなゆらぎがある。それが、「知識人」健三のあり方なのである。

「男らしく」から自由な津田由雄

こういうセクシュアリティーのあり方に関しては、『それから』の代助や、『彼岸過迄』の須永だけでなく、『行人』の一郎も、『こゝろ』の〈先生〉も同様である。高等教育を受けながら、社会の立身出世のコードから降りてしまったり、ズレてしまったりした男たちに起こる現象なのである。そう考えれば、彼らほどの高等教育を受けていない『坊っちゃん』の主人公や、まだ立身出世の夢を持っている『三四郎』の三四郎が女性ジェンダー化しない理由がわかる。

『行人』について言えば、弟の二郎に嫉妬する一郎は、それだけで十分女性ジェンダー化していると言える。また、一郎がテクスト中二度までもヒステリーと形容されることに注目しておいてもよい。一郎の感情表出のあり方も女性ジェンダー化しているのだ。

『こゝろ』はどうだろうか。

『こゝろ』の〈先生〉は、高等教育を受けたにもかかわらず、立身出世の中心からは遥かに外れた利子生活者にすぎない。彼の男としてのアイデンティティーを保証する場はほとんどない。社会的な男性性を持ち得ない男である〈先生〉は、〈家〉の中で夫である以外には男性性を持ち得ない人物なのだ。その彼が、もし妻である静から身体的なコミュニケーションを求められたら……。それでも、彼のアイデンティティーは崩れないだろうか。

静の側は、むしろ〈家〉の中にこそアイデンティティーの場がある。しかし、〈先生〉にはない。にもかかわらず、〈家〉の中で性的な関係を求められたなら、その性的な関係に応えられない彼は何者でもなくなってしまう。社会性を剥奪された男は、何者でもないからだ。彼は静との関係において、何者でもない自分に耐え続けている。それが、〈先生〉なのだ。

その意味で、『明暗』の津田は興味深い。

彼は、周囲の人間に「兄さんらしく」「男らしく」「夫らしく」ないことを批判され続けている[9]。津田は男性ジェンダー化され得ない人物なのだ。「らしくあれ」とは、大正期に定着した保守派の新中間層のモラルであった。奥井復太郎は次のように述べている。「職業に因る型、或ひは「らしい」型によつて、それと映じた自己を見出す。要するに一介の型に嵌つた人間である。茲に於いては彼は何某としての自我でなく、一介の型に嵌つた人間としての自我を見出す[10]」。津田はこのような社会的自我を持ち合わせていないのだ。

その上に、津田には〈愛〉を感じる主体さえない。妻のお延を愛しているのかという問いかけに対して、津田には吉川夫人の求めるとおりの答えができるのだ。〈愛〉の受動性である。文化的なコンテクストから見れば、津田はほとんど女性ジェンダー化していたのではないだろうか。吉川夫人が、清子の真意を確かめるために仕掛ける津田の温泉行きは、彼を男性ジェンダー化するための最後の手段のように見える。

しかし、津田がどのような「男」になるのかは、『明暗』が未完に終わったことによって、ついにわからない。いま言えるのは、〈読者〉が「〜らしく」モラルに同調し、彼に男性性を求める限り、津田の「男」としての可能性は見えては来ないだろうということだけである。もしかしたら、津田は「新しい男」だったのかもしれない。

3　断片化する女たち

女性は二流の国民か

その当時、良妻賢母的なパラダイムにあっては、女性の性欲はないことになっていた。あるいは、あっても受動的なものとされていた。しかし、そうでない言説もあった。

生殖慾は男と女と等しからず、男子は此の情一般に薄弱なれども、女子は概ね熾《さかん》になり、男子の交媾は多く交媾慾に制せられて行ひ、女子のそれには真に子を得んが為に行ふもの多し。

（澤田順次郎『性慾論講話』文明堂、大正二年十二月）

読めばわかるように、「生殖慾」とは「子を欲望」することを言う。「母性」である。女性に性慾を認めるには、「母性」というフィルターが必要だったのである。だが、それでもまだ女性の性慾は男にとって脅威だった。そこで、女性の性慾につき合って「房事過度」になると神経衰弱が待ち受けているという構図ができ上がったのである。(11) そこには、女のセクシュアリティーに対する恐怖がある。

女性の主体化は、当時男性の主体に突きつけられた、最も困難な課題だった。それは、ヒステリーをめぐる言説に如実に表れている。第五章で取り上げた『ヒステリーの研究と其療法』では、ヒステリーの「原因」として、十二項目を挙げている（もっとも、必ずしも「原因」の説明になっていないところや、矛盾するところがある）。

第一は「遺伝」。第二は「女子に多い」こと。第三は「破瓜期」（十五、六歳の思春期）に多いこと。第四は「無教育のもの」に多いこと。第五は「猶太人《ユダヤじん》」「支那」「亜仏利加《アフリカ》其他未開化国」に多く、日本では「都会人」「中上流社会」に多い、なぜなら「生存競争」が激しいから。第六は「生殖器の疾患」。第七は婦人の「月経」「妊娠」「産褥」期。

第八は「感動激変」「精神過労」。第九は「飲酒」。第十は「熱病」。第十一は監獄などの「拘禁」。第十二はヒステリーの「感伝」（つまり伝染すること）。

この説明でわかることは、ヒステリーはいかにも近代の「病」だということだ。「遺伝」は当時の得意の説明法だ。十三、四歳で結婚していたそれまでの日本の女性にとって、「破瓜期」（青春期）とは、教育期間の延長などの理由によって女性の婚期が遅くなったことで生み出された期間であって、近代が作り出した制度だと言っていい。「教育」や「都会人」や「中上流階級」が近代の産物であることは言うまでもない。「精神疲労」という発想も「近代医学的」だ。

しかし、ヒステリーはただ近代的なのではない。ヒステリーの「原因」に、妊娠をめぐる期間、「猶太人」が加えられるとなれば、これらが近代の中でも微つきの項目であることがよく見えてくる。

女性もまた近代が「発見」した「階級」である。その女性の周りに、近代の負の記号が、あるいは近代が負の記号として集められている。極端に言えば、ヒステリーは女性が二流の国民であることを証す「病」として語られていたのだ。それは、女性は主体にはなれないということを意味する。

このことは、女性のセクシュアリティーにとってどのような意味を持つだろうか。それはまず、女性には性慾がないか、あっても受動的なものだという考え方につながるわけだが、それ以上に、女性は性的な自己決定ができないということを意味する点で、重要だと言える。別の言い方をすれば、女性は自らの意志で男性を選ぶことができるのかという問いになる。

この問いは、女の内面を不可視のものに仕立て上げる。その意味で、ヒステリーという「病」は、可視化された女の内面、可視化された女の性慾であった。では、女がヒステリーを病まなければどうなるのか。『行人』の問いはまさにそのようなものであった。

女は男を選べるのだろうか

水村美苗は、『行人』の一郎のお直の内面に対する問いかけは、彼らが見合い結婚をしているという条件がある以上、不可能な問いにならざるを得ないと言う。なぜなら、「見合い結婚というものは、〈自然〉と〈法〉という対立を排除したところで成り立つものであり、それは右のような内面性に規定されるべき「主体」を排除したところで成り立つ」からだと言うのだ。

「〈自然〉と〈法〉という対立」とは、恋愛のことを指す。恋愛と見合いは全く別物、いや対立物だ。だが、「西洋の文芸」から恋愛という「内面性に規定される『主体』」を学んだ一郎は、もともとそんなものを要求できない見合い結婚という制度にそれを求めてしまうのだと、水村美苗は言うのである。(12)

見合い結婚をしたお直に、一郎に対する心の「節操」を守る「義務」などないと言い切る水村美苗の立場は明快で魅力的でもあるが、問題は、水村も忘れずに指摘しているように、お直が一郎よりも先に二郎と知り合っていたという一事にある。一郎の問いは、見合い結婚の内側にはない。見合い結婚の内側で、恋愛にだけ許される問いを問うているのではない。その手前で、はたしてお直が「主体的」に自分を選び得たのかという問いを問うているのだ。これが、漱石文学が執拗に繰り返す問いなのだ。

女は、はたして二人の男の内の一人を「主体的」に選び取ることができるのかという問いこそは、(13)『三四郎』でも、『それから』でも、『こゝろ』でも問われ続けていた問いだ。それは、水村美苗の言うように、「見合いか恋愛か」という問いではなく、「見合いでも恋愛でも」問われていた問いなのである。その問いは、「主体」の純粋性を重んじる意味において、当時の処女崇拝と通じるところがある。

こうした問いは、まるで逆の形を取り得る。すなわち、女は同時に二人の男を愛することもできるのではないか、と。(14)この問いは、現在なら、先の問いとともに単にイエスとさえ言っておけばいい。しかし、女性の主体がまだ他者だったこの当時、男にとってこの問いは切実だった。

女はみな淫婦なのか

こうした問いの圏内にあるとき、女は二通りに見える。一つは「淫婦」であり、もう一つは「断片化」である。

小谷野敦は、漱石文学には、男を虜にするための「技巧」ではなく、単に男を惑わせるためだけに行われる「女性の遊戯」が繰り返し書かれていると言う。(15)「淫婦」に通じる女性像である。礫川漁夫『男子警戒女性の魔術』(大学館、明治四十年九月)とか、野元北馬『女は魔性である』(内外出版協会、大正十年八月)といった書物が書かれるコンテクストがあったのである。

一方、「断片化」については、セクシュアリティーとのかかわりで、小田亮がみごとに説明している。(16)

「処女を捨てる捨てないは女(=私)が決める」という、新しい女たちによる貞操の自己決定の主張は、成し遂げられつつあった男の主体化に重大な難問をつきつける結果となった。というのも、男が、自分の内面にある(とされる)性欲を把握し、それを正しく活用することで自己を主体化するとき、女の内面や主体性など念頭になかったからである。男にとって、女は内面をもつ主体ではなく、女のことばやしぐさは、男自身の内面において表象されるべき性的な徴《しるし》であった。男の内面において性欲の対象として構成される女のしぐさやことばが男を悩ませるのは、それらが一貫した内面や主体性に由来するものではなく、一貫しない分裂した対象として表象される一方で、男の性欲のほうは、「正しい活用」や「魂による恋愛」といった「真実」と結びつけられることによる。そして、その悩みや煩悶こそが、男の「内面」を確かなものとしているのである。

『三四郎』の「汽車の女」について、再び考えてみよう。

三四郎にとって、「汽車の女」の言動は〈謎〉だらけであった。まず、名古屋に着いたら宿屋に案内してくれと三四郎に頼み、実際に三四郎に案内されただけでなく、同室に泊まり、風呂では背中を流そうと三四郎の入っている風呂に入って来るし、ついには同じ布団に寝ることにさえなり、そして最後に「あなたは余っ程度胸のない方ですね」である。再び引用しよう。

元来あの女は何だらう。あんな女が世の中に居るものだらうか。女と云ふものは、あゝ落付て平気でゐられるものだらうか。無教育なのだらうか、大胆なのだらうか。それとも無邪気なのだらうか、要するに行ける所迄行つて見なかつたから、見当が付かない。　（一）

「女の謎」である。第四章で述べたように、千種・キムラ・スティーブンは、この一連の出来事は、三四郎のほうが引き起こしているのだと言う。ところが、そのことに三四郎自身気づいていないのである。三四郎は、自分の性慾さえも「汽車の女」から教わるのだ。そういうことになる。炙り出されるのは、三四郎の無意識の欲望であった。そこが、『三四郎』において読むことのセクシュアリティーの作動する場である。

しかし、それは〈読者〉の位置から見た『三四郎』の意味づけである。三四郎自身からは、「女の謎」が見えるにすぎない。「断片化」した謎だらけの女は、あたかも誰でも誘惑する淫婦のように見える。三四郎の位置から、全体として統一的な意味を持たないように見える女の言動に統一的な意味を見いだそうとすれば、女の性慾という他者を想定するしかないのだ。千種・キムラ・スティーブン以前の『三四郎』の〈読者〉は、このような作中人物である三四郎の位置からのみ「汽車の女」を読んでいたことになる。

では、美禰子は？

思えば、美禰子こそはそのような視線から読まれて来た女ではなかったか。

「あの女は落ち付いて居て、乱暴だ」と広田が云つた。
「え、乱暴です。イブセンの女の様な所がある」
「イブセンの女は露骨だが、あの女は心《しん》が乱暴だ。尤も乱暴と云つても、普通の乱暴とは意味が違ふが。野々宮の妹の方が、一寸見ると乱暴の様で、矢つ張り女らしい。妙なものだね」（中略）
「イブセンの人物に似てゐるのは里見の御嬢さん許ぢやない。今の一般の女性《によしやう》はみんな似てゐる。女性ばかりぢやない。苟くも新しい空気に触れた男はみんなイブセ

ンの人物に似た所がある。たゞ男も女もイブセンの様に自由行動を取らない丈だ。腹のなかでは大抵かぶれてゐる。」（六）

日本でイプセンの『人形の家』のノラが「新しい女」の象徴になるのはもう少し後のことだが、ここで言う「イブセンの女」の含意はほぼ同じだろう。だが、ここで語られていることは、美禰子が「新しい女」だということだけではない。詰まるところ内面が見えないということなのだ。美禰子には「女の謎」があるというわけだ。美禰子は、三四郎によって、このレベルで「汽車の女」と重ねられている。

美禰子の内面はどこから見れば読めるのか。東京帝国大学の池の端で、はじめて三四郎と出会う場面を読んでみよう。

この日、三四郎は大学構内に野々宮宗八を訪ねた。そして、帰りに池（つまり現在の「三四郎池」）の端まで来て、そこに佇んでいた。三四郎がふと目を上げると、池の向こうに二人の女がいる。一人は美禰子（もちろん、三四郎はそのことをまだ知らない）、もう一人は「看護婦」である。二人は、池の向こうを覗き込むようにしている。やがて二人の女は、三四郎の方へ歩いてくる。美禰子は花をかぎながら三四郎に近づいて、その花を三四郎の前に落として行く。

三四郎は女の落して行つた花を拾つた。さうして嗅いで見た。けれども別段の香《にほひ》もなかつた。三四郎は此花を池の中へ投げ込んだ。花は浮いてゐる。すると突然向ふで自分の名を呼んだものがある。

三四郎は花から眼を放した。見ると野々宮君が石橋の向ふに長く立つてゐる。

「君まだ居たんですか」と云ふ。（二）

この後、野々宮は三四郎と先ほど女のいたところまで歩いて、校舎について批評するのだ。――こういう紹介の仕方で、意図はわかってもらえただろうか。

〈読者〉には美禰子がわかる

第一の問題は、美禰子のそぶりがあまりに思わせぶりだという点にある。匂いのしない花を嗅ぎながら、しかもそれを三四郎の前にわざとらしく落として行く。挑発？もしそうだとすれば、美禰子こそは「淫婦」ではないか。美禰子は、男を見れば誰でも挑発するのだろうか。

第二の問題は、野々宮の突然の現れ方である。野々宮は、三四郎と研究室で別れて、まだその研究室にいたのではなかったか。しかも、野々宮はこの後、ポケットから女の手紙を引っぱり出すのだ。野々宮は、何を見せびらかしているのだろうか。

ここは、おそらくこういう場面だ。三四郎がふと目を上げたとき、野々宮は三四郎の死角にいて、美禰子に、あとで三四郎にしたのと同じように校舎の説明をしていたのだ。

この時の、何かを覗き込むような二人の女のポーズがそれを証している。そして、野々宮は「あそこに座っているのが僕の同郷の後輩だ」くらいのことは言っていたにちがいない。それではじめて、美禰子の挑発の意味が理解できる。美禰子は、三四郎を挑発していたのではなかった。後ろに視線を感じながら、野々宮を挑発していたのだ。

なぜか。野々宮が、美禰子との結婚に踏み切らないからである。三四郎は、もう拗れてしまった野々宮と美禰子の別れの物語に、偶然横から首を突っ込んでしまった不幸な青年にすぎなかった。これが「断片化」した美禰子の「破片」を拾い集めてできる物語である。美禰子が「主体的」に野々宮を選ぼうとするなら、それは美禰子を他者に仕立て上げ、「断片化」させ、「淫婦」に見せる。

しかし、〈読者〉にとっては違う。三四郎には見えなかった美禰子の物語が見える。ジェンダー化する男たちの物語を読む〈読者〉は、「断片化」した女のセクシュアリティーを縫い合わせるように〈読む〉ことで、「主体化」できるのである。それは、ほとんど美禰子の主体だとも言える。だから、読むことのセクシュアリティーは再ジェンダー化している。

終章　若者たちの東京

1　山の手の文学

どこが山の手か？

漱石は山の手の作家である。それは単に、彼が山の手に生まれ、山の手を書き続けたことだけを意味しない。漱石が、山の手を方法化した作家だということなのだ。東京のどの地域が山の手で、どの地域が下町なのか。まず、そのことから確認しておこう。

小木新造は、ほぼ現在の山手線の内側にすっぽり収まる旧東京市十五区のうち、本郷区、小石川区、牛込区、四谷区、赤坂区、麻布区、芝区、麴町区、の八区を山の手とし、下谷区、浅草区、本所区、深川区、京橋区、日本橋区、神田区の七区を下町とする区分法を提案している[(1)]。

ただし、この区分法は、区という行政単位で分けているため、山の手と下町の境界線がやや大雑把なものになっている。また、隅田川の川向こうを「向島」と呼び、それを下町とはしないという考え方を採用すると、さらに複雑になる。だが、漱石文学を考える場合、山の手／下町という区分法で、東京というトポスは十分機能する。そもそも、漱石文学では下町はほとんど登場しないからである。(2)

東京市において、山の手と下町は、どのような意味を持つのか。この問題を東京市内（旧十五区）に当たる地域の人口の変化から見てみよう。なお、江戸の市内と市外との境界を表すいわゆる「朱引《しゅび》き」は、ほぼ現在のJR山手線と地下鉄大江戸線に囲まれたエリアと重なる。したがって、江戸は旧東京市十五区に近い。

江戸時代の末期、江戸の人口は約百三十万人だった。それが、明治維新の動乱、参勤交代で江戸に来ていた大名の帰郷といったことが重なって、明治十年には約五十八万人まで激減していた。この時期は、下町（町人地）の町人も動乱の東京を避難して人口が減ったが、特に大名屋敷があった山の手（武家地）が荒廃した。

明治十五年には約八十八万人、明治二十年には約百二十三万人にまで回復する。この間の人口増は、主に下町が引き受けた。これは、十分な都市計画も準備もないまま行われた。武家地の方は桑茶園化され、ほとんど手つかずであった。後に、関東大震災、東京大空襲によって壊滅的な悲劇を二度も繰り返す原因ともなった下町の劣悪な住環境は、この時期に形成されたのである。一方、田園化された山の手がのちの人口増加の受け皿となる。

明治二十五年は約百二十三万人と五年前からほぼ横這いだが、明治三十年には約百四十万人と増加の傾向を見せ始める。そして、明治三十五年の約百七十万人、明治四十年の約二百十五万人と、再び激増期を迎えるのである。以後、大正十一年に約二百四十九万人に達した後、関東大震災で約百五十三万人まで激減、その後、昭和十年の約二百二十五万人まで緩やかに回復していく。

敗戦の昭和二十年には、約五十八万人まで減少した人口も、昭和三十年には約二百万人まで戻り、四十年まで横這いが続いた後、昭和五十年が約百七十万人、昭和六十年が約百六十万人と減少し続けた。

二十世紀早々に成熟した都市・東京

こうした統計を見ていくと、興味深いことがわかる。一つは、人口の上からは、東京という都市にとって、明治維新と敗戦はほぼ同じ意味を持ったということである。もう一つは、東京という都市は、人口が二百万人を超えた明治の末期に、すでに都市として「成熟」してしまっていたということである。

どのように成熟したのか。明治三十年以降の人口増加は、東京市が桑畑にしようとして頓挫するなど、うまく使いこなせずに旧武家地として広大な空き地を抱えていた山の手が引き受けることになった。そこには、ある種の秩序があった。陣内秀信はこう説明している。(3)

……住み手を失ない空洞化した広範な旧武家地の敷地において、新たな東京の担い手たる薩長を中心とする地方武士たちの手で、中身の置き換えや新しい要素の導入が次々に進められ、首都東京は新時代の要請に応える都市へとその機能や意味を適確に変えてきたのである。いうならばこうしたソフトな都市改造を実現する上でとりわけ大きな役割を果したのは、江戸を引き継いだ東京のあちこちに分布する旧大名屋敷の存在だった。（中略）

……町人地は商人・職人の住む商業地域として、旗本屋敷は華族、政府高官、新興ブルジョアなどの邸宅として、下級武家地は中流サラリーマン住宅地として、それぞれ旧来の生活や文化を引きずりながら、東京における近代の都市形成をがっちりと担ってきた。

再び小木新造によると、当時山の手は、麴町は官吏、麻布は軍人という具合に、当時の日本の支配者層の漠然とした住み分けが行われた集住地区となっていた(4)。もちろん、麴町は官庁街に、麻布は連隊に近いからである。これを、ごく簡単に図式的に説明すれば、山の手の中心地区に高級官僚が住み、その外側に軍人が住み、最後にドーナツ状の一番外側に実業家が住んだ。そして、そのさらに外側、山手線の周辺かその外側の大久保、千駄ヶ谷といった地域に、下級の役人やサラリーマンが住んだ。

明治の中頃からの都市化現象は、全国から上京した人々を山の手に階層化して再配置することで、立身出世のコードを決定的に強化したのだ。つまり、立身出世と土地（住む場所）が結びついたのである。

漱石が小説を書き始めた明治四十年前後は、交通網の急速な整備によって、東京はすでに郊外の時代が始まっていた。この頃には東京市内が都市としてすでに成熟し、東京は郊外に「膨張」[5]するしかなかったからである。

山の手から郊外へ！

郊外を文学のテーマとして「発見」した国木田独歩の『今の武蔵野』（明治三十一年）は少し時代がずれるにしても、大久保あたりのサラリーマン家庭を舞台とする『竹の木戸』（明治四十一年）の「流行の郊外生活」という言葉には、郊外が文学的な〈風景〉から都心へ通うベッドタウンへと変貌し始めている様子がはっきり示されている。

特に、明治四十年前後には、甲武線（現在の中央線）のいち早い電化と明治三十九年十月の代々木駅の開設によって、千駄ヶ谷地域は爆発的な人口の増加を見ていた。明治三十五年の七千六百六十一人が、明治四十年には一万七千二百五十一人にまで増加しているのである。一二五パーセント以上の激増である。この五年間には、東京十五区で二五パーセントの増加、郊外に当たる豊多摩郡全体で六〇パーセントの増加なので、千駄ヶ谷地域の増加のすさまじさがわかる。こうした傾向は、大正の初年頃まで変わらない。

田山花袋の『少女病』（明治四十年）は、郊外の千駄ヶ谷の借家から都心に通うしがない中年サラリーマンの、電車での視姦という秘かな愉しみを書いて秀抜である。この時期の東京というトポスの意味が、物語にさりげなく仕掛けられているからである。物語のラストにおいて、このサラリーマンは、恰《あたか》も郊外から山手線を越えて都心に通うことを罰せられるかのように、電車から振り落とされ轢死《れきし》するのだ。

森銑三は、外堀線などの市街電車の発達によって、「山の手と下町との連絡がよくなった」ために、この頃から「下町、山の手の区別も、いつの間にかはっきりしなくなってしまった」と言っている(6)。

この頃には、東京市内を山の手と下町に分ける二分法に代わって、東京を市街地(市部)と郊外(郡部)とに切り分ける二分法が人々に受け容れられ始めていたのだ。つまり、山手線が境界としての機能を果たし始めていたことになる。言い換えれば、郊外が自立するためには、山手線という近代的な境界が必要だったのである。『少女病』は、このようなトポスを生きる物語である。

漱石文学にも下町の記号論的価値はある

前田愛は、「同時代の作家の誰よりも流動する山の手空間の意味するもの、そこに刻みだされたさまざまな生のかたちに執拗にこだわりつづけたのは夏目漱石だった」と述べているが(7)、それは、漱石が下町と郊外を書かなかったことをも意味する。しかし、本当に書かなかったのか。あるいはなぜ書かなかったのか。

たとえば、『三四郎』はまちがいなく当時流行の「東京遊学案内」になっている。上京青年三四郎に東京案内をするのは与次郎だが、その東京案内はこんな具合だ。

某日の夕方、与次郎は三四郎を拉《らつ》して、四丁目から電車に乗つて、新橋へ行つて、新橋から又引き返して日本橋へ来て、そこで下りて、

「どうだ」と聞いた。

次に大通から細い横町へ曲つて、平の家と云ふ看板の料理屋へ上がつて、晩飯を食つて酒を呑んだ。某所の下女はみんな京都弁を使ふ。甚だ纏綿してゐる。表へ出た与次郎は赤い顔をして、又

「どうだ」と聞いた。

次に本場の寄席へ連て行つてやると云つて、又細い横町へ這入つて、木原店と云ふ寄席へ上つた。此所で小さんといふ落語家《はなしか》を聞いた。十時過通りへ出た与次郎は、又

「どうだ」と聞いた。　（三）

これが、与次郎の東京案内である。いわゆる下町らしいところは、この半日の案内で終わりなのだ。彼が繰り返す「どうだ」という問いは、「どうだ、これが生きられる場としての東京というものだ」という風にもとれるし、「どうだ、結局これだけのものだ」

という風にもとれる。おそらく、そのどちらでもあったのだろう。

与次郎の東京案内は、「是から先は図書館でなくつちや物足りない」という一句で終わりを告げる。書物こそは「知識人」の「人生」の場であり、東京帝国大学を中心とした〈本郷文化圏〉こそは彼らにふさわしい「生活」の場だったからである。[8] 結局、与次郎は三四郎にそのことを伝えたかったのだ。それは、今後の人生を山の手に生きなければならない三四郎への、気の利いた警告にもなっていたようだ。[9] 与次郎の半日だけ案内した「下町」は、「山の手」に対してそんな批評性を持つ。

漱石文学では、このほか『彼岸過迄』の須永とその母が蛎殻町《かきがらちょう》の水天宮や深川の不動に毎月お参りに行くのが目立つくらいで、下町は通りすがりかちょっと立ち寄る場としてしか出てこない。その『彼岸過迄』の須永母子は、山の手の住人ではなかった。

　須永はもとの小川亭即ち今の天下堂といふ高い建物を目標《めじるし》に、須田町の方から右へ小さな横町を爪先上りに折れて、二三度不規則に曲つた極めて分り悪《にく》い所に居た。家並の立て込んだ裏通だから、山の手と違つて無論屋敷を広く取る余地はなかつたが、夫でも門から玄関迄二間程御影の上を渡らなければ、格子先の電鈴《ベル》に手が届かない位の一構であつた。

（「停留所」二）

山の手でない場所に住むということは、どういう意味を持つのだろうか。

須永の住む界隈は、「先づ須永の五六軒先には日本橋辺の金物屋の隠居の妾がゐる。其妾が宮戸座とかへ出る役者を情夫《いろ》にしてゐる。夫を隠居が承知で黙つてゐる」というような街なのである。その須永自身も、父親が「小間使」に生ませた子供であった。これが、下町に住むことの意味なのである。これは事実の問題ではない。漱石文学の文法、すなわち漱石文学における下町の記号論的価値の問題なのである。

山の手志向と江戸っ子気質

あるいは『坊っちゃん』。「元は旗本」というのだから、彼の家は山の手の武家地にあったのだろう。その彼も、子供の頃には「新築」の小学校へ通い、下女の清からは、「将来立身出世」して、「麴町」に「玄関」と「西洋間」のある家を手に入れて「役所」に通うことを期待されている。清の夢みた家は、のちに大正三年の大正博覧会において決定的な地位を確立する「文化住宅」そのものである。文化住宅こそは、山の手の中流家庭の象徴であった。

彼の兄は、古い家を売り払い、六百円の資本を彼に手渡す。彼はそれで「物理学校」に通い、四国の中学校の数学の教師になるのだ。「役人」という「立身出世」の中心からはずれるが、それでも「元来中学の教師なぞは社会の上流に位する」ものだと赤シャツの言う、その中学の教師にはなっているのである。

この構図から何が見えてくるのか。それは、「山の手志向」とでも言うべき心性である。実際に山の手に家を持っているかどうかは問題ではない。いつかは山の手に「文化住宅」を持ちたいという志向性である。立身出世が山の手という地域に張り付いて、山の手が内面化されているのだ。山の手がトポスたり得ていた証である。

四国での〈坊っちゃん〉は、はじめ「至極閑静」な「町はずれの岡の中腹にある家」に住む。その場所は、この町の〈山の手〉だと言ってよい。ここに住むことは、彼自身が選び取ったものではないとはいえ、彼のこの街での位置をみごとに象徴している。〈坊っちゃん〉は、この町のエリートなのだ。だからこそ、その家は、帝大出身の赤シャツに操を売り渡して「主従」のような関係になっている野だいこが、〈坊っちゃん〉を追い出してでも住みたいと思ったのだ。その場所は、政治的な中央志向を持った人間の欲望を張り付けておくだけの魅力あるトポスだったのである。

〈坊っちゃん〉がこの町の裏話を聞くことができるようになるのは、「士族屋敷」のある町の「裏町」に住んでからだ。そこが、「元は旗本」という〈坊っちゃん〉にふさわしい場所なのである。〈坊っちゃん〉は、ここに移ってから〈山の手〉のやり方がはじめて見えてくるのである。

四国の城下町には、現実の山の手や下町は出て来ようがない。しかし、それだけに山の手や下町が現実の場所を離れて抽象化し、山の手は「山の手志向」として、下町は「江戸っ子気質」として、その心性だけがよりハッキリした形で取り出されている。それは、理念化された山の手、理念化された下町である。その意味で、漱石文学に下町は書かれていたのだ。

もう一つの山の手

漱石の書く山の手には亀裂が入っている。次に引くのは『それから』の一節である。

平岡の家は、此十数年来の物価騰貴に伴《つ》れて、中流社会が次第々々に切り詰められて行く有様を、住宅の上に善く代表した、尤も粗悪な見苦しき構へであつた。とくに代助には左様見えた。

門と玄関の間が一間位しかない。勝手口も其通りである。さうして裏にも、横にも同じ様な窮屈な家が建てられてゐた。東京市の貧弱なる膨張に付け込んで、最低度の資本家が、なけなしの元手を二割乃至三割の高利に廻さうと目論で、あたじけなく拵え上げた、生存競争の記念《かたみ》であつた。

今日の東京市、ことに場末の東京市には、至る所に此種の家が散点してゐる、のみならず、梅雨に入つた蚤の如く、日毎に、格外の増加律を以て殖えつゝある。代助はかつて、之を敗亡の発展と名づけた。さうして、之を目下の日本を代表する最高の象徴《シンボル》とした。（六）

かつての親友が東京で持った新しい借家の批評としてはあまりにも酷だが、前田愛は、こういう代助の眼差しから「山の手空間を切り分けている「二つの街並」」を読みとっている。[10]一つは、代助の住む山の手である。そして、もう一つの山の手こそが、『門』の野中宗助、お米夫婦の住む町にほかならないと言うのだ。宗助、お米夫婦は、『それから』の平岡夫婦の住むもう一つの山の手を、いわば内側から見ていることになる。今度は『門』の一節を引こう。

魚勝と云ふ肴屋の前を通り越して、其五六軒先の露次とも横丁とも付かない所を曲ると、行き当りが高い崖で、其左右に四五軒同じ構の貸家が並んでゐる。つい此間迄は疎らな杉垣の奥に、御家人でも住み古したと思はれる、物寂た家も一つ地所のうちに混つてゐたが、崖の上の坂井といふ人が此所を買つてから、忽ち茅葺きを壊して、杉垣を引き抜いて、今の様な新しい普請に建て易へて仕舞つた。宗助の家は横町を突き当つて、一番奥の左側で、すぐの崖下だから、多少陰気ではあるが、其代り通りからは尤も隔たつてゐる丈に、まあ幾分か閑静だらうと云ふので、細君と相談の上、とくに其所を撰んだのである。（二）

『三四郎』の野々宮は大久保という「郊外」に住んでいるが、彼は海外では一流の研究者として知られていながら、日本では教授会にも出席できない身分である。郊外に住むことを、『三四郎』では「放逐」と呼んでいる。これが、漱石文学の中の郊外の意味なのである。

だが、宗助の住むこの場所はあたかも郊外ではないだろうか。先に触れた『少女病』の主人公の住む千駄ヶ谷の家は、「小さな門」のある「丘の蔭の一軒家」で「丈《せ》の低い要垣を周囲《まはり》に取廻して、三間位と思はれる家の構造《つくり》、床の低いのと屋根の低いのを見ても、貸家建ての粗雑《ぞんざい》な普請であることが解る」という具合である。漱石の書くもう一つの山の手とは「膨張」し続ける「郊外」なのだ。

漱石は、山の手に「下町」も「郊外」も見ていたのだ。あるいは、「下町」と「郊外」から山の手を見ていたのだ。

漱石文学の登場人物は山の手に住む

漱石は山の手そのものをも書き続けた。漱石文学の主要な人物たちは、ほとんど山の手に住んでいる。

『虞美人草』の甲野欽吾の家は麴町あたり、宗近一の家は小石川あたり、井上孤堂の落ちつく先は本郷区森川町あたりである。[11] 甲野の父はもと外交官らしいし、宗近は外交官試験に合格してロンドンに赴任している。漱石の小説には、役人か高級官僚出身の人物が多いが、これはその典型である。

『三四郎』は、言うまでもなく本郷区である。三四郎が追分町の県人寮、広田が西片町、美禰子が真砂町である。〈本郷文化圏〉そのものである。[12]『それから』は、代助が牛込区の矢来町、彼の実家が青山である。一方、上京後の平岡は小石川の表町か掃除町あたりに家を借りる。『門』の野中宗助、お米夫婦は「山の手の奥」、おそらく早稲田界隈。[13]『行人』は、麹町区の番町。『こゝろ』の〈先生〉の家も本郷近辺だろうし、『道草』は千駄木町、『明暗』の津田、お延夫婦の家は飯田橋あたりらしい[14]。

　彼らの特徴の一つは、高級官僚あるいは役人から実業界へと転身した人物が多いということである。『それから』の代助の父長井得、『彼岸過迄』の麹町区の内幸町に住む田口の叔父、『行人』の父、『道草』の比田という健三の姉の夫、『明暗』の津田由雄の父、彼らがそういう人物なのである。山の手でもどちらかというとその周辺部に住む彼らの住処と、その社会的地位はほぼ一致している。そして、漱石文学では、実業界に身を置くものは「俗物」の徴付きなのだ。

　もう一つの特徴は、「高等遊民」かそれに似た生活をしている人物もまた多いということである。『虞美人草』の甲野欽吾、『それから』の長井代助、『彼岸過迄』の松本恒三に須永市蔵、『こゝろ』の〈先生〉。それに『行人』の長野一郎や、『道草』の健三などの大学教授たちもこの系譜にはいるだろう。

『三四郎』には「高等遊民」は登場しない。しかし、広田にはその傾向があり、文科大学学生の三四郎自身にもその予兆はある。

　法学士の里見恭助を兄に持つ美禰子は、野々宮に見切りを付け、兄の友人と突然の結婚を決意する。つまり、美禰子は「文科大学本郷文化圏から、法科大学系東京市に編入される」[15]のだ。美禰子の見切りを付けたものに、山の手のもう一つの姿がある。それは、「知識人」の街の退廃の兆しである。しかし、彼ら「高等遊民」ほど手厳しい山の手の批判者もまたいないのだ。

2　上京する青年

青年期は近代の発明

いち早く三浦雅士が指摘したように、青年は近代の発明である。[16]青年というモラトリアムの時間を作りだしたのは、言うまでもなく教育制度、それも高等教育である。だからそれは、「ブルジョワ階級の形成と密接にかかわっている」。三浦雅士は、その系譜をこう述べている。

……青年の実質、青春の実質は二葉亭四迷や北村透谷がこれをつくり、言葉は徳富蘇峰がこれを流布したと考えることができる。その交点に位置して、言葉と実質を結んだのが国木田独歩であり、島崎藤村が、田山花袋がそれを引き継いだ。さらに夏目漱石がつづき、それを白樺派が受け継ぐ。

徳富蘇峰のとは、『新日本之青年』（民友社、明治二十年四月）である。この書物によって、新時代を主体的に生きる青年像が確立したのである。だが、漱石文学の時代の青年はもう少し屈折度がある。

立身出世と高等遊民はコインの裏表

明治期の小説に表れる青年には二つの型がある。『虞美人草』を例に取れば、一つは、宗近一のような立身出世型、もう一つは甲野欽吾のような文弱の徒型とでも言うべき型である。

後者は二葉亭四迷の『浮雲』（明治二十年〜二十一年）の内海文三以来の黴つきの青年たちである。彼らは、漱石文学では「高等遊民」として形象化されている。過剰な自我を抱える彼らの多くが、漱石文学において女性ジェンダー化していることは、すでに述べた。彼らはまた、そのことによって、男たちだけに許された立身出世の社会、すなわち「山の手志向」の批判者たり得ていた。

しかし、そうした漱石的主人公ばかりが漱石文学を支えているわけではない。青雲の志を持って上京した青年たちもまた、漱石文学を支えている。彼らがいなければ「高等遊民」も「高等遊民」たり得なかった。

社会的に見れば、彼ら「高等遊民」は、藤村操の自殺によって一気に広がった「煩悶青年」の後身でもあった。その前提には、官僚制度の成熟による就職難、学歴の価値の低下がある。大正のはじめには、東京帝国大学の卒業生の多くが、官吏ではなく実業界に進むようになっていたのである。立身出世青年と「高等遊民」とはまったくの別物ではなく、同じコインの表と裏のような関係にあったのである。

立身出世型と反立身出世型

漱石文学の山の手は、下町や郊外という対立項を内包していたが、山の手は田舎という対立項をも内包している。磯田光一は、それを「東京の地方化」と呼んだ。[17]上京青年はその象徴である。

前田愛は『文学テクスト入門』（前出）の中で、日本の近代文学において「物語のコードがつくり出されてくる大状況」を「二つの類型」に分けて説明した。一つは「立身出世型」、つまり「農村共同体を離脱した青年が、都市に新しい生活の可能性を求める」型で、具体的には島崎藤村の『家』のように、「共同体に組み込まれた古い家から離脱した個人が、どのようにして新しい家を形成していくか」を描く物語になる。

もう一つは、「反立身出世型」、つまり「立身出世型」の「裏返しになった脱落者を描く物語」で、具体的には永井荷風の花柳小説を挙げている。〈家〉制度に支えられた文化にあっては、立身出世とそこからの脱落という物語が個人に帰結せずに、〈家〉との関係によって語られるということなのである。

これを図にすれば次のようなものになるだろう。

古典的な物語には、この他に、〈内↓外↓内〉と移動する「浦島太郎型」、逆に、〈外↓内↓外〉と移動する「かぐや姫型」があるが、近代文学の多くはここに挙げた二つの型によって物語られている。

立身出世型とは、人が「成長」する物語のことである。近代以降、それは都市生活者になることを意味する。多くの「通俗的」ドラマはこの型に属するだろう。

一方、「反立身出世型」とは、人が「子供」になる＝「退行」する物語のことである。ただの「脱落者」を描けば「堕落」した退廃者の物語になるが、「反立身出世型」には「自然へ帰れ」というメッセージが込められることも多い。こうなると、「もう一人の自分探しの物語」となるだろう。この型は立身出世型への批評を内包している。漱石文学の場合、この「反立身出世型」が、文弱の徒型あるいは「高等遊民型」として変奏されているわけだ。

いずれにせよ、物語にまとまりを付け、それを終わらせるためには、このいずれかの型を模倣することが必須の条件となる。明治後期の東京の「膨張」が立身出世のコードを決定的に強化したことは、前に述べた。

漱石の小説は終わらない

「物語のコードが信じられていたということは、世界が理解可能な何かとしてあるということ、そしてまた世界の連続性が疑われなかったことを前提にしている」が、統一的な世界観の喪失と同時に、「小説という文学テクストにしっかりと住みついていた物語というコードも、同じように二十世紀に入ると衰弱し始め」たのだとも、前田愛は言う。物語とは、既知の世界を既知の言説に編成したものにほかならない。したがって、物語の新しさは、未知のものに出会う新しさではなく、既知のもののバリエーションでしかない。しかし、この前提が崩れたとき、物語は終われなくなるのだ。

漱石の小説は終わっていない。たとえば『三四郎』は「たゞ口の中で迷羊《ストレイ・シープ》、迷羊《ストレイ・シープ》と繰り返した」し、『それから』は「代助は自分の頭が焼け尽きる迄電車に乗つて行かうと決心した」という持続のイメージで締め括られているし、テクストにはたしかに〈終わり〉があるのに物語はいっこうに結末を迎えていなかったり（『彼岸過迄』『行人』『こゝろ』）、物語は終わっているのにテクストの〈終わり〉が〈終わり〉でないことを告げていたり（『門』『道草』）するものばかりなのだ。

序章で述べたことを踏まえて言えば、漱石は、プロットの飛躍を展開に変換するパラダイムのすべてを〈家〉の問題に委ねることはなかったということだ。それは、「高等遊民」型の物語ばかりを書いたからではない。「立身出世型」の物語との葛藤がそうさせたのである。

前節で確認したとおり、漱石は官界から実業界に身を投じた「俗物」を数多く登場させている。『それから』にしても、代助の父長井得と代助との葛藤がこの物語を成立させている。『彼岸過迄』の田口の叔父と須永との葛藤も同様である。そのような葛藤は、上京青年たちにも影を落としている。

上京する青年たち

上京青年といえば『三四郎』である。主人公の三四郎ばかりではない。テクスト中には、野々宮や広田の引っ越しがことさらに描かれている。彼らもかつての上京青年だったのだ。『三四郎』の物語は、美禰子が〈本郷文化圏〉に生きる男たちに「感情教育」され、三四郎がその美禰子に「感情教育」される物語である。もっとも、美禰子は男たちの手からすり抜けて行く。東京の女である美禰子が、上京青年たちにノンを突きつけるわけだ。

野々宮や広田は、三四郎のような上京青年のその後の姿だと言ってもいい。彼らに感化された三四郎が立身出世とは無縁の人生を送るだろうことは容易に想像できるが、上京する時の三四郎はそうではなかった。

　是から東京へ行く。大学に這入る。有名な学者に接触する。趣味品性の具つた学生と交際する。図書館で研究をする。著作をやる。世間で喝采する。母が嬉しがる。（一）

もちろん、三四郎は「趣味品性の具つた学生と交際する」ことになりはしない。彼の友人は不良学生とでも言うべき与次郎である。「図書館で研究」もしない。多くの書物にただ驚くばかりである。しかし、これが上京青年の夢想する将来だったのである。『三四郎』は「東京遊学小説」である。三四郎自身、たとえば「遊学案内」の類を読んだだろうか。『東京遊学案内』（内外出版協会）の明治三十六年版が手元にある。そこには、三四郎のような上京青年の期待がよく表れている。

　諸君。諸君が上京の望を懐くは、学業の成就と共に、将来の栄達を期するにあらん、さらば諸君が笈を負うて、上京の途に就かるゝは、これ独り郷関を出づるの初

旅のみにあらずして、実に将来の活社会に雄飛せんとする準備なり、（傍点原文）

三四郎が当時の青年として特別に恵まれていたことは言うまでもない。当時帝国大学に進学できるのは、二百数十人に一人の割合でしかなかったからである。

苦学生が多かった

『青年と処世』（上田屋書店、明治三十四年四月）や蘆川忠雄『青年処世法』（実業之日本社、明治三十九年五月）のような修養書はもちろんのこと、高柳淳之助『青年学生立身成功法』（学友社、明治四十四年四月）のようなものに至るまで、「東京遊学案内」の多くは苦学生を読者として期待していた。それは、渡邊光風『立志之東京』（博報堂、明治四十二年十月）を読んで上京したものの、結局は、島貫兵太夫『新苦学法』（警醒社、明治四十四年三月）の読者にならなければならないのと同じ運命である。「苦学」が当時の大多数の青年のキーワードだった。

彼らは、たとえば新渡戸稲造のベストセラー『修養』（実業之日本社、明治四十四年九月）に代表される多くの修養書の読者になったかもしれない。それには次のような事情があったと、前田愛は言う(18)。

……明治時代を通じて立身出世を希求する社会層は下へ拡大される傾向にあった

が、その反面、立身出世の可能性はしだいに狭められて行く。このような過程でもともと立身出世の発条としてきびしく要請されていた克己・勤勉・自省等の徳目は自己目的化し、立身出世による自我充足の代償として意識されることになる。「修養」というシンボルはこの解体に瀕した明治立身出世主義の庶出子として登場するのである。

大正期になると、「修養」の目的として「人格」の形成が全面に打ち出されてくるようになる。井上哲次郎『人格と修養』（廣文堂書店、大正八年十月）はその典型だが、その頂点には阿部次郎『人格主義』（岩波書店、大正十一年六月）が位置するだろう。前田愛は、こういう傾向が自我の確立を促す一方、閉塞的で「自慰的な性格」が濃厚になったとも言う。それは、三四郎のように恵まれた学生の特権だっただろう。あたかも「高等遊民」のその後の姿でもあったように。

山の手の先には植民地が

『彼岸過迄』の上京青年、敬太郎は僻んでいる。

彼は須永を訪問して此座敷に案内されるたびに、書生と若旦那の区別を判然と心に呼び起さゞるを得なかつた。さうして斯う小ぢんまり片付いて暮らしてゐる須永を軽蔑すると同時に、閑静ながら余裕のある此友の生活を羨やみもした。青年があんなでは駄目だと考へたり、又あんなにも為つてみたいと思つたりして、今日も二つの矛盾から出来上がつた斑な興味を懐に、彼は須永を訪問したのである。

（「停留所」二）

須永は自我を、敬太郎は世界を探求する人物として対照的に描かれている。敬太郎は「遺伝的に平凡を忌む浪漫趣味《ロマンチック》の青年」で、『東京朝日新聞』に連載された児玉音松の冒険談「南洋の蛮島」の愛読者でもある。また、冒頭で敬太郎が興味を持つ森本という男は、大連の「電気公園の娯楽掛り」を務めることになる。(19) 敬太郎のやや無責任な興味のあり方は、明らかに帝国日本の植民地主義の圏内にある。

敬太郎は、須永と千代子との「恋愛」にも非常に強い興味を持っている。それは、国外への領土の拡大が、「恋愛」という内面の領土の拡大とパラレルなものだということを示すものだと言っていい。

さらに興味深いのは、『門』である。『門』では宗助が『成功』という雑誌を手に取るが、この雑誌こそは帝大などの高等教育を受けていない庶民のささやかな立身出世の欲望をかき立てた雑誌だったが、「大陸」の植民地に活路を見いだすことをさかんに奨励していた。それは、この当時の庶民の立身出世の一つの形だったのだ。

宗助の家の大家である坂井の弟と、宗助の弟小六。この二人の次男坊の共通点は、植民地志向である。[20]小六は「学校を已めて、一層今のうち、満州か朝鮮へでも行かうかと思つて」いるし、坂井の弟は、実際に宗助の旧友安井と共に満州に渡っている。実家の家産という背景のない次男坊たちは、彼らと同じ夢を見たのだろうか。そういえば、『明暗』の小林も朝鮮に渡ろうとしていた。上京青年にとって、山の手の先には広大な植民地が広がっていたのかもしれない。

3　新しい女たち

漱石の女性嫌悪

「東京のものは気心が知れないから私はいやぢや」――三四郎の母は、手紙にこう書いた。この感じは、「田舎」から見た「東京の女」を代表している。女学校が増加した明治三十年代中頃と男女交際論が盛んに論じられた日露戦後には、マスコミ報道では、あたかも女学生は「堕落」するものと決まっていた。いや、それ以前に「婦人」が「問題」となっていたのである。

「婦人問題」に関する著作として、最も早い時期に属するものに堺利彦『婦人問題』（金尾文淵堂、明治四十年八月）がある。内容は第一章が「性欲」、続いて「未熟なる男子」

「奴隷なる女子」などと来て「婦人と経済的平等」などについても論じており、進歩主義者堺利彦の面目躍如たるところがある。

しかし、これも平塚らいてうたちの『青鞜』が発信した「新しい女」以後の『婦人問題』（吉野作造編、民友社、大正五年三月）と比べると、見劣りがする。この『婦人問題』は、「婦人と政治」や「婦人参政権運動」の項目があるばかりでなく、世界の「婦人問題」を精力的に紹介し、「婦人問題」を世界的な規模の問題として認識していることがはっきりわかるのである。

　しかし、「新しい女」への反発は大きかった。その一例として下田歌子の『家庭』（実業之日本社、大正四年二月）という大冊から引いておこう。

……新教育《しんけういく》を受《う》けた女《をんな》は、余《あま》りに自己《じこ》と云《い》ふ方面《はうめん》に走《はし》り過《す》ぎる傾《かたむき》があると存《ぞん》じます。所謂新《いはゆるあたら》しい女《をんな》なる輩《やから》の如《ごと》きは、自分《じぶん》を見出《みいだ》さなければならぬと云《い》つて居《を》ります。（中略）彼等《かれら》の所謂自己《いはゆるじこ》を見出《みいだ》すと云《い》ふ事《こと》は、真誠《しんせい》の意義《いぎ》に於《お》いての自己《じこ》では無《な》くて、寧《むし》ろ自利我慾《じりがよく》と解釈致《かいしやくいた》しませうか、何事《なにごと》も自己《じこ》を中心《ちうしん》として、社会万事《しやくわいばんじ》をして自己《じこ》に適応《てきおう》せしめようとするやうに思《おも》はれます。（中略）

　苟《いやしく》も家庭《かてい》を思《おも》ふ人《ひと》ならば、斯《か》る自我《じが》は絶対《ぜつたい》に撲滅《ぼくめつ》しなければなりませぬ。總《すべ》ての道徳《だうとく》は、或意味《あるいみ》に於《お》いて自我《じが》の撲滅《ぼくめつ》であります。

恐ろしいばかりの「新しい女」と「自我」への憎悪がみなぎっているが、漱石文学の語り口は、これとそれ程遠くない地点から出発している。

夏目漱石は女性を書くのが苦手な作家だという評価が、比較的最近まであった。あるいは、いまでもそうした見方はまだ残っているかもしれない。それは、漱石が身を焦がすような恋を女の側から書かなかったことにもよるだろうが、もう一つの理由は、漱石が自我を持った女をどこか底意地の悪い書き方で書き続けたことにもよっているのではないだろうか。ちょうど、自我を持った男を、いや自我を問いつめた男を、病的な人間として書き続けたように。

父名を欲した藤尾の逆説

自意識は自我の重要な要因だが、漱石は自己を対象化し、自我の統一性に亀裂を入れる自意識にほとんど敵意に近い感情を抱いていたようだ。そうした負の徴を刻印された女として、『虞美人草』の藤尾は登場する。

この小説がいまでも魅力ある小説であり続けるとしたら、それは藤尾という女の魅力が人を引きつけるからでなければならない。しかし、藤尾を支持することは、ほとんどこの小説の論理を否定することに等しい。この小説の構成は、彼女の義兄甲野欽吾の説く「道義」を結論としているからで、しかもその「道義」は、藤尾の行為を「業」と呼んで憚らないのだ。

序章で触れたように、作者自身も、藤尾に共感したらしい弟子の小宮豊隆にこんな事を手紙で書いているのである。「藤尾といふ女にそんな同情をもつてはいけない。あれは嫌な女だ。詩的であるが大人しくない。徳義心が欠乏した女である。あいつを仕舞に殺すのが一篇の主意である」(明治四十年七月十九日)。

藤尾と、彼女に共感する読者とを同時に教育しようとする意図さえ感じられる言葉である。ところが、その「道義」とは、藤尾が父の遺言通り、宗近一と「大人しく」結婚することを指すのではなかったか。現代の読者が、甲野の哲学に共感できない最大の理由はこの点にある。

それに対して、藤尾のしたことは単に自由な結婚を願ったことだけであるように思える。宗近ではなく、詩人の小野との結婚を望んだのである。問題はそのやり方にあったのだろうか。たとえば、財産を譲るという甲野の言葉を信用せず、甲野と宗近を京都旅行に行かせた間に、小野との関係を進めてしまおうとする藤尾とその母の「策略」。だが、おそらくそれは瑣細なことにすぎない。

甲野の怒りに触れたのは、彼女たちの欲しているのがただの財産ではなく父の遺産であること、そして夫にふさわしい人物の証として藤尾が父の遺品の金時計を差し出そうとしていることによっているに違いない。金時計を得たものが藤尾の夫となり、遺産も手にすることができるというわけだ。この時、藤尾は父の代行者となることを欲していたと言ってよい。

甲野の「道義」はそれを許さない。すなわち、父の名を藤尾が語ることを許さないのだ。ここに逆説がある。父の遺志から自由になることを欲した藤尾が、父の代行者とならなければならなかったからである。藤尾は、義兄の欽吾とほとんど父の代行者の地位を争っていたのだ。欽吾は「道義」を、藤尾は「金時計」を根拠として。これが、この時代の女の自立度だったのである。

藤尾はさらに過酷な手段を生きようとする。「別嬪」という頂点を持たない差異の体系である。この差異の体系の中で、自分の位置を明確に自意識に組み込んだ藤尾は、「別嬪」という記号と化した身を、商品として小野の前に差し出す。その時、彼女が手にしている父の名は付加価値でしかなくなる。

藤尾はこれだけの代価を支払った上で、自由というイデオロギーを手に入れようとしたのだ。『虞美人草』が最も待ち望み、最も嫌ったのは、商品の交換価値が神となる博覧会という場だったが、それこそが藤尾が最も藤尾らしく生きられる場なのだ。それは、この小説に仕掛けられた、象徴的暴力装置と化した父の名を無力化する唯一の仕掛けである。

しかし、こうした読みは、〈読者〉である我々が近代というイデオロギーに自覚的になることで、小説テクストの無意識を言説化した時にはじめて可能になるものなのである。この時期の漱石がそのことに十分に自覚的であったとは思われない。

「読者」はどこにいるのか

たとえば、『坊っちゃん』のマドンナ。彼女は土地の旧家のうらなり（古賀）の許嫁だったが、古賀の家が傾き、流れ者の教師赤シャツに言い寄られると、そちらに乗り換えてしまう。しかし、〈坊っちゃん〉から見たマドンナは、イデオロギーを持った女ではなく、単なる現実主義者にすぎないのだ。

あるいは、『草枕』の那美。父に強いられた結婚とその後の離婚。これも夫の失職という現実問題がきっかけとなっている。しかも、実家に帰ったあとの彼女の自由は、たしかに男としての画家の視線を欲望からずらし、彼の無意識をゆさぶり、死へと誘うかのように見えるが、それはほとんど奇行として意味づけられてしまう。

さらに、別れた夫を見送る那美の顔にそれまで一度も表れなかった「憐れ」が浮かび上がって、画家の胸中に絵が完成するという結末は、画家の側について読む限り、どこか反動的な構図だと言わざるを得ない。漱石は『草枕』のような美的な小説にさえ、「道義」の枠組を採用していたのである。

〈読者〉である我々が那美と同じように水に身をまかせ、無意識の身体で死のポーズを反復しない限り、高島田の婚礼の姿にオフェーリアを重ねてしまうような画家の視線を無力化する方法がないという意味で、『草枕』は『虞美人草』とよく似た構図を持っている。

すなわち、藤尾と那美を家の論理から救い出すことができるのは、近代のイデオロギーや死といった、テクストが意識的にであれ無意識的にであれ、排除しようとした要因を対象化し得た〈読者〉しかいないということなのである。そして、逆説的ではあるが、これが彼女たちがいまだに魅力的であり続ける理由でもある。

『三四郎』の里見美禰子は、この点ではるかに恵まれている。両親がなく、兄の恭助と同居している彼女には、家との葛藤がはじめからないからである。彼女にとって自由はイデオロギーではなく、すでに手にしている空気のようなものなのだ。しかし、その時、美禰子は男の無遠慮な視線にさらされることになる。「汽車の女」が、美禰子と重ねられる読み方がその顕著な例の一つと言ってよいだろう。

三四郎と名古屋で同宿した女は、大陸に渡ってしまった夫から自由な身である。その女が年下の若い三四郎を誘惑した、すなわちそれが「女の謎」だというのがこれまでの読み方であった。ところが、この女との同衾事件は「行ける所迄行つて」みたいと思っていた三四郎の引き起こした可能性のあることが指摘されたことについては、すでに述べた。三四郎は、自分の無意識の欲望を女に投影させていたのだ。この構図は、ほとんどそのまま三四郎と美禰子との関係でもある。

もともと、三四郎の「汽車の女」への関心は、故郷に残して来た許嫁同然の三輪田のお光と肌の色が共通しているところにあった。美禰子は東京の女にしては肌の色が黒い方なのだが、三四郎が美禰子に引かれた第一の理由もそこにあった。だとすると、美禰子は、三四郎のお光に対する意識されていない欲望を引き受ける、代わりの女であったかもしれないのだ。

たとえば、美禰子の目の表情は、三四郎が学校で習ったばかりのグルーズの描いた魅惑的な表情に重ねられてしまう。実際は少しも似てはいないのにである。もともと美禰子が思いを抱いていたのが野々宮の方であったことはまちがいない。三四郎は、どうやらその別れの時期に美禰子に出会ってしまったのだ。彼女の思わせぶりなそぶりは、別れに揺れる「心」の現れだったのである。

三四郎に父はいない。長男などではなく宗八という名を持つ野々宮にも、母の姦通による子であったらしい広田にも、父の影は薄い。こうした父の不在が、男の側にも欲望の自由を与えていて、その自由が、美禰子の「心」の揺れを記号に変え、恋という意味を与えている。

美禰子は、自分をそうした知識人特有のペダンチックな言葉によって恋の記号に「翻訳」してしまう男たちの視線にあらがうかのように、第三の「立派な男」と突然結婚するのである。自由を手にした〈読者〉の視線もまた、美禰子を恋多き女に仕立て上げていたのである。

千代子への視線

実の叔父に「高等淫売」と呼ばれてしまう『彼岸過迄』の千代子は、決して恋多き女ではない。むしろ、一途な女であるとさえ言えるだろう。彼女が、従兄の須永市蔵（といっても血はつながっていない。須永は、千代子の父田口要作の義姉の一人息子だが、実はその父と「小間使」との間にできた子だからである）と結婚の約束のようなものがありながらついに結ばれることがないのは、須永の出生の秘密だけが理由なのではない。須永自身の説明によると、それは「恐れない女と恐れる男」との宿命的な不幸だと言う。千代子のあまりにも女らしい「感情」の激しさに、須永は自分が耐えられないと言うのだ。「内へとぐろを捲き込む」ような「自我」しか持ち合わせていない須永の内面の空虚さを、千代子の「感情」の激しさが暴いてしまうのである。

千代子の方にも理由はあった。千代子に積極的になれない須永が、高木という男が現れたとたん嫉妬を示す。結婚する気のない自分に対して「何故嫉妬なさるんです」と、千代子は激しく須永に迫っている。父の無責任な欲望によって生を与えられた須永にとって、これ程痛切な批判の言葉はないだろう。

そう言えば、千代子が「高等淫売」に見えてしまうのも、敬太郎というロマンスを求める男の視線にからめ取られたからであった。「感情」家の千代子は、「感情」の根拠のないままに、欲望だけは忘れない男たちを拒否するかのように、〈読者〉の視線から消えてゆくのだ。あとに残されたのは、男たちだけの物語である。

藤尾、那美、美禰子、千代子。この女性たちは、個性と我の強いタイプとして一系列をなしていると考えられるのが一般的である。彼女たちは、いずれも男たちの視線と積極的に対峙し、彼らによる意味づけを拒否することで、自らの女としてのアイデンティティーを守り抜こうとするところに特徴がある。

それに対して、男たちの視線をむしろ誘いながら、同時にそこからほんの少しずつ身をずらし続けることで自らの女としてのアイデンティティーを守り抜こうとした女たちがいる。たとえば、『それから』の三千代。

花になりたかった三千代

三千代は、兄の親友の長井代助のすすめるままに、代助の友人平岡と結婚をした。三千代の世話をしていた兄が死んでしまっていた以上、彼女には他に選ぶ道がなかったに違いない。ところが、関西で三年間勤めた銀行を辞めて平岡夫婦は上京することになった。物語はここから始まる。

三年の間に、三千代は子供を亡くし、心臓を患っていた。それが原因で平岡の放蕩が始まったという三千代の言葉が暗示しているのは、三千代の体がもはや性的な交渉に耐えないということにほかならない。しかし、性を欠いた三千代の体が、代助には最もふさわしかったのである。

冒頭近く、代助が風呂場の鏡の前でゆっくりと朝の身づくろいをする場面があるが、後には、風呂に入った代助が自分の足を無気味なもののように見てしまう場面がある。上半身のナルシシズムと下半身の抑圧が、代助の自己に対するかかわり方なのである。

これは、他者とかかわる時にも変わらない。花の香りの中に眠り、花の交配をして昼の時間を過ごす代助と植物とのかかわり方は、明らかに性的な欲望のメタファーとなっている。代助は、フローラ的なもの、植物とのかかわりに、自己の欲望を封印しているのだ。それを、三千代が趣味を記憶の中から甦らせることで、解放してゆくのである。

三千代はかつて代助から贈られた指輪を示し、かつて代助にほめられた銀杏返しに結い、かつて代助の好きだった白百合の花をさし出すことで、自分が代助による趣味の教育が作り上げた女であることを思い出させようとする。また、代助の家で、スズランの鉢の水を飲むことは、ほとんど自分は花だと主張しているように見える。代助もまたほとんど花だった。封印された記憶を解放し、また、自らを花と化してその記憶の中へ入ってゆく試み。

一方、代助は三千代が上京してから、少なくとも三度待合へ行き女を抱いている。一度目は、三千代が東京で新居に引っ越したその日である。平岡夫婦の新しい出発を代助は性の儀式で祝っていたのだ。二度目は、佐川の娘との見合いの帰りである。結婚が、性の消費でしかないことを確認するかのように。三度目は、三千代に「紙の指輪」だと言って平岡に秘密で渡した、その残りのお金でである。三千代と二人だけの秘密を、代助は待合の夜に祝福していたのだ。

代助にとって、性はこんな風に抑圧されている。いや、こんな風に自由を手にしている。だからこそ三千代は、代助の趣味のナルシシズムの中にのみ生きようとするのである。あるいは、そこにしか生きる場所はなかった。それが代助の生／性の分断を露呈させ、彼のアイデンティティーを崩壊させようとも、である。代助の柔らかな自我は、三千代とのかかわりの中で崩れてゆく。ここに、男と女の、性をめぐる宿命的な悲劇がある。

繰り返されていた性の暗闘

『行人』のお直は、『門』のお米や『道草』のお住のようにヒステリーではない。彼女は、物陰で一郎の弟二郎と目配せをし、狷介な性格を持つ大学教授の夫、長野一郎の機嫌をまたたくまに直してしまう力を持っている。また、長野家の中での自分の不安定な地位を守るかのように、娘の芳江を自分一人に引き付けている。つまり、彼女は女として妻として母として嫁として、十分に自分を表現し得ているのである。

では、お直は満たされていたかというと、そうではない。自分は立枯れになる運命になると自覚しているほど、人生を諦めているのだ。長野家では父が隠居し、長男の一郎が家督を相続して間もない時期らしい。一郎はまだ十分に家長としての力を持っていないので、一時的に母が家の代表であるかのようにふるまうことになる。これは、新しい家長の妻としてのお直の立場を弱くする。それも一郎との仲がしっくり行っていれば、時間が解決する問題でしかない。

お直にとって最大の問題は、一郎との仲がしっくり行かないところにある。理由は、おそらく一郎が女性を他者と感じているところにある。一郎にとってお直の「心」は決して開かないブラック・ボックスのようなものなのである。彼は、その感じを、お直が弟の二郎を愛していると意味づけることになる。したがって、この出来事はおそらく表層の事件でしかないだろう。

問題は、一郎が、お直と二郎との愛に理由を求めようとした不仲の質にある。それは、性の問題をおいてほかにはないはずである。その時、一郎の激しい神経衰弱が、単なる時代の病でも文明の病でもなく、人間の実存的関係に根ざす、深い病としての相貌を与えられることになるのである。

『こゝろ』の〈先生〉と静の夫婦も、この宿命的な悲劇の中で生きていかねばならなかった。〈先生〉は、自ら立身出世の道からはずれて遺産で生活している男である。したがって、彼の男としてのアイデンティティーは大変不安定なものにならざるを得ない。

性それ自体が抑圧されていた時代にあっては、性的かかわりの中でのアイデンティティーを、社会的な要因を含まない純粋な形で保証できる余地は少なかった。社会的な男としてのアイデンティティーの喪失は、そのまま性的な関係の中でのアイデンティティーの喪失を意味したに違いない。

一方、家に閉じ込められていた女性は、家庭の中での役割にアイデンティティーを見いだすことができた。だとすれば、〈先生〉は、社会的、身体的に性的な関係を持とうとすれば持とうとするほど、アイデンティティーを失うことになってしまうのだ。彼は、何者でもない自分にならざるを得ない。その恐怖から身を守ろうとする〈先生〉と、家庭にしか性の場を持たない静との間に、性の暗闘は静かに繰り返されていたのに違いない。

漱石文学を裏切る〈読者〉

生田長江は、「結婚が恋愛の方へ近づいて行く」（前出「恋愛と結婚との関係を論ず」）と述べていたが、『明暗』のお延こそは、「恋愛」を「家庭」の中で実現しようとする女だ。それは何を意味するのだろうか。『青鞜』が、平塚らいてう訳でエレン・ケイの『恋愛と結婚』を連載したことはよく知られている。以下は、その一節である。

一夫一妻制を性的道徳唯一の標準、若しくは個人恋愛唯一の正しき形式と考へる人達の意味するものは現今法律によつて定められ、しかも習慣によつて欺かれた見かけ丈の一夫一妻制ではない。彼等は真性の一夫一妻制を意味する。即ち男子の全生涯を貫いて一女に、女子の全生涯を貫いて一男に接するのみで、それ以外のものには断じて接しないことである。

（『青鞜』大正二年三月）

戦前日本の一夫一妻制が形式上のものであって、実質は一夫多妻制が「習慣」化していたことは周知の事実である。貞操観念も実質は女性にだけ科せられていて、男性は守らなくてもよいという性の二重基準を隠していた。このエレン・ケイの主張は、それを正面から撃っている。津田の妹お秀夫婦がちょうどそうだった。お秀は〈母〉の役割に自己を閉じこめることで、その欺瞞から目を逸らしているのである。

そのお秀に、お延は津田から「完全の愛」で「絶対に愛されて見たい」と宣言するのだ。それは、身も心も完全に一夫一妻制に委ねるということにほかならない。これが、お延に許された「家庭」の中での「恋愛」なのだ。しかし、ただそれだけのことがお延の周囲の女たちには理解できないのである。

『明暗』は、長い間津田の「精神更生記」のように読まれてきた。津田がその病んだ心を「更生」し、お延のもとに心から帰依する物語を期待したのである。だが、「更生」を期待されているのは、津田ばかりではなかった。お延もまた、お秀や吉川夫人が「もつと奥さんらしい奥さん」に「教育」しようとしているのである。お延もまた「更生」が期待されているのである。そうでなければ二人は、期待されるような「完全」な夫婦になりようがないだろう。

ここに機能しているのは、中流階級の「らしく」モラルである。だとすれば、お延に求められているのは、お秀のように、そしておそらく吉川夫人のように、実質的な一夫多妻制を受け容れることにほかならない。たとえそれが心の中の出来事だとしても、清子に会って「未練」をはらすという吉川夫人に唆された津田のやり方が、お延を裏切っているからである。

問題は、それがそのまま『明暗』の〈読者〉の期待を構成する点にある。少しでもお延に「奥さんらしく」あることを望んだ〈読者〉は、吉川夫人とお秀との共犯者にならざるを得ないのである。それは、このテクストが仕組んだ仕掛けである。

この時、お延の「敵」は、吉川夫人やお秀といった女たちだけではなくなる。『明暗』の結末に、物語としての「解決」を求めること、そうした〈読者の期待の地平〉そのものの質がこの小説では問われているのである。その意味で、『明暗』では、〈読者〉の政治性こそが問われている。『明暗』が未完に終わったことによって、このテクストの戦略はむしろ強化され、永遠に〈読者〉を試し続けるのである。

注

序章　漱石の方法

（1）小説を閉じられたテクストと見なす考えはロシア・フォルマリズムの流れを汲む。ウスペンスキー「芸術テクストの《枠》」（北岡誠司訳『現代思想』一九七九・二）、ロトマン『文学理論と構造主義』（磯谷孝訳、勁草書房、一九七八・二）に詳しい。またオングは、こういう捉え方は「書くこと」が一般化した後に生まれたものだとして、次のようにまとめている。「作者の目のまえには、テクストが、そのはじまりと中間と終わりを示して横たわっている。そのために作者は、自分の作品を、自己完結的なもの、非連続的な〔つまり他のものから切り離された〕単位、囲いこまれて閉じられたものと考えるようにうながされる」（桜井直文ほか訳『声の文化と文字の文化』藤原書店、一九九一・一〇）。

（2）ウスペンスキーやロトマン（前出）に詳しい。

（3）オングは、やはり〈語り手〉の歴史性に触れつつ、次のようにまとめている。「語り手は、テクストのなかではまったくそとに現れず、登場人物の声の背後に身を隠している。すでに見たように、声の文化における語り手は、挿話のよせあつめという型で物語を演じるのがふつうだったし、それが自然でもあった。したがって、語り手の声を消すことは、話のすじからそうした挿話のよせあつめという型を除き去るために、まず最初にやらなければならないことだったように思われる」。日本の近代小説の〈語り手〉に関する試みについては、亀井秀雄『感性の変革』（講談社、一九八三・六、のち『感性の変革 増補』ひつじ書房、二〇一五・六）、小森陽一『構造としての語り』（新曜社、一九八八・四）で論じられている。

(4) イーザーは、これを「内包された読者」と呼んでいる(轡田収訳『行為としての読書』岩波書店、一九八二・三)。

(5) エーコ『開かれた作品』(篠原資明ほか訳、青土社、一九八四・一二)を参照。

(6) この点についてはもはや常識となっているが、大橋洋一『新文学入門』(岩波書店、一九九五・八)が詳しく論じている。

(7) 「告白」が、当時「モデル問題」として一つのパラダイムを形成していた事については、日比嘉高「「モデル問題」とメディア空間の変動——作家・モデル・〈身辺描き小説〉——」(『日本文学』一九九八・二、のち『〈自己表象〉の文学史——自分を書く小説の登場——』翰林書房、二〇〇二・五)に詳しい。「自然主義」が当時の若者の性行動の原理になって行くことについては、金子明雄「メディアの中の死——「自然主義」と死をめぐる言説——」(『文学』一九九四・七)が改めて確認している。

(8) 柄谷行人『日本近代文学の起源』(講談社、一九八〇・八、のち「原本」版として講談社文芸文庫に、「定本」版として岩波現代文庫に収められる)による。近代において、性に関することがその人に関する真実の言説となったことについては、ミシェル・フーコー『性の歴史 I〜III』(渡辺守章・田村俶訳、新潮社、一九八六・九〜一九八七・四)を参照。

(9) 「群馬県立女子大学国文学研究」第十二号、一九九二・三。

(10) 『語りの近代』有精堂、一九九六・四。

(11) この一節では、「視点」という用語を用いたが、ジェラール・ジュネットの『物語のディスクール』(花輪光ほか訳、書肆風の薔薇、一九八五・九)以降、〈語り手〉と「作中人物」との関係は、視点という用語は用いずに、「焦点化」という概念で捉える方が一般的であろう。ジュネットは、〈語り手〉と作中人物との関係を、情報量の差として、三通りに分類する。まず第一は、

〈語り手〉がどの作中人物が知っているよりも多くのことを語る場合で、これは《語り手∨作中人物》と公式化される。これは「非焦点化の物語言説」と呼ばれる。第二は、〈語り手〉がある作中人物が知っていることしか語らない場合で、《語り手＝作中人物》と公式化される。一般的には、一人称小説がこれに当たる。これを「内的焦点化の物語言説」と呼ぶ。第三は、〈語り手〉が作中人物が知っていることよりも少なくしか語らない場合で、《語り手∧作中人物》と公式化される。一般的には、推理小説がこれに当たる。これを「外的焦点化の物語言説」と呼ぶ。

視点という語で説明すると、誰が見ているのかということと、誰が語っているのかということとが混同されやすい。たとえば、ここに挙げた『蒲団』の一節も「時雄の視点から時雄が語っている」と理解されがちである。事実は、最後の二つの文以外は「時雄の視点から〈語り手〉が語っている」のである。だがこれでも正確ではない。そこで、ジュネットの提案にしたがって、この一節全体を第一の分類に当たる「非焦点化の物語言説」と捉えておけば、〈語り手〉が作中人物より多くの情報を持っていることがはっきりわかるのである。そして、〈語り手〉が作中人物より多くのことを知っていることが最もよくわかるのが、たとえば「時雄は知らなかった」というような否定表現なのである。〈読者〉の位置は「否定表現」に最もはっきり表れる。つけ加えておくと、「ここ」「そこ」といった場所を示す語、「もらう」「あげる」や「行く」「来る」などの言葉には〈語り手〉の位置が表れる。

(12) 明治三十六年四月から六月まで東京帝国大学で講義。出版は漱石の死後、大正十三年九月、岩波書店刊。

(13) 明治三十六年九月から三十八年六月まで東大で講義。明治四十年五月、大倉書店より刊行。

(14) 明治三十八年九月から四十年三月まで東大で講義。明治四十二年三月、春陽堂より刊行。なお、講義時のタイトルは「十八世紀英文学」。

(15) 『文学論』に以下のような記述がある。「Fの差違とは時間の差違を含み、空間の差違を含み、個人と個人との間に起る差違を含み、一国民と他国民との間に起る差違を含み、又は古代と今代と、もしくは今代と予想せられたる後代との差違をも含む。」

(16) たとえば、「彼女は薔薇だ」という文の場合、「彼女」は「彼」や「私」などと、「は」は「も」や「でも」などと、「薔薇」は「百合」や「ひまわり」などと、(意味は変わるが)文法的には置き換え可能である。そこで、「彼女」は「彼」や「私」などを、置き換え可能な潜在項として持っていると考えることができる。これらは、一つが選択されれば他のすべては排除されるという意味で「対立」関係にあり、逆にすべてが選択され得るという意味で「等価」でもある。このような関係を「範列」と言う。一方、「彼女」「は」「薔薇」「だ」の各項は、日本語の場合、この順序で線条的に並べられる。このような、言葉の順序に関するような関係を「統辞」と言う。

(17) この点に関しては、三宅雅明「漱石『文学論』の現代的意義——記号学の視座から——」(『大阪府立大学紀要(人文・社会学)』第34巻、一九八六・三、のちに石原千秋編『夏目漱石　反転するテクスト』有精堂、一九九〇・四、に再録)に詳しい。

(18) 米田一彦訳、ダヴィッド社、一九六九・一。なお引用文中「謎」とあるのは、米田訳では「神秘」となっている。ここでは、前田愛の訳に従う(『文学テクスト入門』筑摩書房、一九八八・三)。

(19) たとえば、フィリップ・アリエス『〈子供〉の誕生』(杉山光信ほか訳、みすず書房、一九八〇・一二)、山田昌弘『近代家族のゆくえ　家族と愛情のパラドックス』(新曜社、一九九四・五)など、枚挙に暇がない。

(20) 前出『声の文化と文字の文化』。

(21) 漱石文学におけるこの書簡の文体上の重要性については、すでに相原和邦による指摘がある(『漱石文学の研究——表現を軸として——』明治書院、一九八八・二)。

(22) この時代の書簡における、「言文一致体」の実際の普及の度合いは正確にはわからない。漱石自身は、この時期から手紙に「言文一致体」を用いるようにはなるが、最晩年まで候文の手紙も書いていた。

明治三十九年二月に刊行された石田道三郎『書翰文辞典』（郁文舎）には「言文一致体」の案内は特にないが、大正二年十一月に刊行された芳賀矢一、杉谷虎蔵『書翰文講話及び文範』（冨山房）には「大勢の帰向は自から口語文と定まつてゐるのであるから、未来に最も利益のある修養をしようと思へば勿論口語体の書翰文を練習せねばなるまい。又これと同時に現在總ての場合に直ぐ役に立つ候文の修行も実際上最も必要である」と述べられている。大正十五年十二月に刊行された『常識百科精講』（玉文社）でも、親しい間柄には「言文一致体」のほうがいいとした上で、「今後の手紙の文章が文言一致体になるか否かは別問題として将来重要な位置を占めるものであることだけは断言するに難くないものである」と、ほぼ同様のことを述べている。ほぼ同じ時期の大正十四年十月刊行の『国民日常大鑑』（国民教育会）には、「書翰文の形式は、現今では口語体を用ひた方が、十分に自分の意志を発表出来て、便利であるが、習慣上尚ほ相手と用件の如何によつて、候文体を用ひた方が可とされることが多い」とある。

漱石の留学した明治三十年代に、「言文一致体」の手紙が一般的でなかったことはまちがいない。おそらく、「言文一致体」の手紙は大正年間を通して緩やかに普及していったが、それでも完全に一般化することはなかったし、規範にもならなかったのだろう。

また、『常識百科精講』では、「言文一致体」は実際に「言葉をかけられたやうな」感じを与えると言っている。この時期でも、「言文一致体」は〈声〉であり得たのである。

（23）西洋の十九世紀の小説に、「読者よ」という呼びかけが多いことや、「作者」が直接テクスト中に現れることなどはよく知られている。「話すこと」が「書くこと」に移行する過渡的な時期の現象である（前出『声の文化と文字の文化』）。漱石もこの時期の小説には親しんでいた。また、十九世紀小説の影響を受けた日本の明治期の小説にも、この手の呼びかけは多い。

(24)「文章には山がなくては駄目だ」という子規の主張から始まった文章の朗読批評会で、子規の死後も行われていた。写生文（注26参照）を旨とし、この時期には高浜虚子らが中心になっていた。

(25)『吾輩は猫である』と落語、講釈との関係については水川隆夫『漱石と落語　江戸庶民芸能の影響』（彩流社、一九八六・五）に詳しい。『吾輩は猫である』はまさに〈声〉と共に成立したのである。

(26)写生文とは、子規が、絵画における「写生」を文学に応用し、「読者をして作者と同一の地平に立たしむる」ために「言文一致か又はそれに近き文体」によって「実際の有のまゝを写す」ことを提唱したところから生まれた（「叙事文」『日本』明治三十三年一月二十九日、二月五日、三月十二日）。子規自身は、生前「写生文」という言葉をほとんど使っていないが、彼の死後、友人や弟子たちがこれを受け継いだ。『吾輩は猫である』では、「猫」自身が「写生文を鼓吹する吾輩」と言っている。なお、写生文が遠く写真の影響を強く受けて成立したことについては、拙著「写真が与えた衝撃」（『近代という教養　文学が背負った課題』筑摩選書、二〇一三・一）を参照していただければ幸いである。

(27)この十三例のうち、前半は三四郎が「田舎者」であることを繰り返し指摘している。後半は、ここに挙げたように美禰子との関係について言及することが多い。詳しくは拙著「鏡の中の『三四郎』」（『反転する漱石』（青土社、一九九七・一一）を参照していただければ幸いである。

(28)相原和邦はこれを「反措定叙法」と名づけている。「反措定叙法」とは、「事実」にはないことを「措定」して、主に健三を批判的に語る「叙法」のことである（前出『漱石文学の研究』）。

(29)もちろん、彼女たちに主体が読めないと言うわけではない。たとえば、『それから』における真珠の指輪というモノの機能から、三千代から代助への働きかけ（「誘惑」と言ってもよいかもしれない）を読んだ優れた論もある（斉藤英雄『夏目漱石の小説と俳句』翰林書房、一九九六・四）。しかし、直接その内面が記述されず、主人公の死角も用意されていない場合、彼女たちを〈読む〉ためには、この斉藤論のようにかなり高度な記号論的なアプローチが必要なのである。

(30) 当時、「坑夫」は「女工」と共に、過酷な条件の下で働く労働者という雄弁な文化記号たり得た。

第一章　不安定な次男坊

(1) 森田草平「夏目漱石」『現代』一九二八・一。ただし引用は、荒正人『増補改訂漱石研究年表』(集英社、一九八四・六) による。
(2) 石川悌二『近代作家の基礎的研究』明治書院、一九七三・三。
(3) 『イデオロギーとしての家族制度』岩波書店、一九五七・二。
(4) 高柳真三『明治前期家族法の新装』有斐閣、一九八七・八。
(5) 前出『明治前期家族法の新装』。
(6) 漱石と〈家〉との関係については、江藤淳『漱石とその時代　第一部』(新潮社、一九七〇・八)、平岡敏夫「漱石における家と家庭」(『講座夏目漱石　第一巻』有斐閣、一九八一・七) に優れた考察があり、有益な示唆を得た。
(7) 有地亨『近代日本の家族観　明治篇』弘文堂、一九七七・四。明治期の家族観の変遷について、この本から多くのことを学んだ。
(8) 松本暉男『近代日本における家族法の展開』弘文堂、一九七五・三。松本によると、近代日本では、明治三十一年に施行されたいわゆる明治民法によってはじめて一夫一婦制が成立したと言う。ただし、「夫と妻以外の女との子を、夫が認知して庶子として入籍」できたので「実際には一夫多妻制を継承しつつ外面だけ一夫一婦主義の形式をとった」とも言う。
(9) 磯野誠一、磯野富士子『家族制度』岩波書店、一九五八・一一。
(10) 伊藤幹治『家族国家観の人類学』ミネルヴァ書房、一九八二・六。
(11) 前出『近代日本の家族観』。

（12）明治民法第七五二条の「戸主権の喪失」、すなわち「隠居」に関する規定による。「隠居」の条件は、一つは「満六十年以上ナルコト」、もう一つは「完全ノ能力ヲ有スル家督相続人カ相続ノ単純承認ヲ為スコト」である。

（13）『漱石研究』有精堂、一九八七・九。

（14）『戦前・「家」の思想』創文社、一九八三・四。

（15）旧十五区のうち、本郷区、小石川区、牛込区、四谷区、赤坂区、麻布区、芝区、麴町区の八区を山の手とし、下谷区、浅草区、本所区、深川区、京橋区、日本橋区、神田区の七区を下町とするのが一般的である（小木新造「山の手の変貌――東京の点描――」『文学』一九八五・一二）。

（16）西川祐子『借家と持ち家の文学史』（三省堂、一九九八・一一）に、近代文学を「借家」から「持ち家」に向かって展開するものと捉える鮮やかな分析がある。「家」という器は、近代文学を特徴づけるメルクマール（目印）の一つだったのである。

（17）前出『文学テクスト入門』。

（18）〈坊っちゃん〉が、赴任した中学で、以前からあった「赤シャツ」と「山嵐」との確執（あるいは権力闘争）に巻き込まれただけにすぎないことは、すでに指摘されている（有光隆司「『坊っちゃん』の構造――悲劇の方法について――」『国語と国文学』一九八二・八。のちに『夏目漱石Ⅲ』有精堂、一九八五・七、に再録）。

（19）日本にはかつて、たとえば父親が三男でその子供が四男だと三郎四郎、つづめて三四郎というように名づけたことがあるが、「国から母を呼び寄せて」と考える『三四郎』の小川三四郎が長男であることはほぼまちがいない。

（20）『小説家夏目漱石』筑摩書房、一九八八・五、のちにちくま文庫に収められる。

（21）この点に関しては、藤澤るり「「行人」論・言葉の変容」（『国語と国文学』一九八二・一〇、のちに前出『夏目漱石Ⅲ』に再録)に優れた考察がある。

第二章　長男であることの悲劇

(1)『日本資本主義と「家」制度』東京大学出版会、一九六七・三。戸籍と〈家〉との関係については、この本から多くのことを学んだ。
(2)「家族の近代——明治初期における家族の変容——」(西川長夫ほか編『幕末・明治期の国民国家形成と文化変容』新曜社、一九九五・三)。
(3)前出「家族の近代——明治初期における家族の変容——」。
(4)ただし、「婚姻の同意権」については第七七二条の父母による同意権の方が強力だったが、戸主が父であることが多かっただろうから、実質的にはさして変わりはない。
(5)中川善之助「家族法概説」『家族制度全集　法律篇第四巻　家』河出書房、一九三八・二。また、青山道夫『日本家族制度の研究』(巌松堂書店、一九四七・七)も参照した。
(6)前出「家族法概説」、『日本家族制度の研究』。
(7)前出『日本資本主義と「家」制度』。
(8)小森陽一「交通する人々——メディア小説としての『行人』——」(『日本の文学』第8集、有精堂、一九九〇・一二)は、この問題を鮮やかに論じている。
(9)『立志・苦学・出世　受験生の社会史』講談社現代新書、一九九一・二、のちに講談社学術文庫に収められる。
(10)前出『イデオロギーとしての家族制度』。
(11)前出『戦前・「家」の思想』。

第三章　なぜ主婦ばかり書いたのか

(1)『戦略としての家族　近代日本の国民国家形成と女性』新曜社。一九九六・七。
(2)『近代家族の成立と終焉』岩波書店、一九九四・三。
(3)南博編『大正文化』勁草書房、一九六五・八。
(4)「明治中期欧化主義思想にみる主婦理想像の形成『女学雑誌』の生活思想について」(脇田晴子ほか編『ジェンダーの日本史　下――主体と表現　仕事と生活――』東京大学出版会、一九九五・一)。
(5)小山静子『良妻賢母という規範』勁草書房、一九九一・一〇。
(6)拙稿「結婚のためのレッスン『由利旗江』」『国文学』一九九七・一〇。
(7)前出『近代家族のゆくえ』。
(8)宮坂靖子「近代家族」(金井淑子編『ワードマップ家族』新曜社、一九八八・六)。
(9)序章で指摘したように、これも「反措定叙法」である。
(10)『道草』の作中時間は明治三十五年と考えられる。
(11)『明暗』の作中時間は大正四年と考えられる。
(12)女性を父権性から夫権性へとジャンプさせるロマンティッククラブ・イデオロギーがどれほど家父長的であったとしても、この時代にはある「新しさ」と可能性とを持ち得たことは認めなければならないだろう。しかも、お延の場合は、父権に当たるものが、実父ではなく叔父であることによって、ロマンティッククラブ・イデオロギーが「血縁」という「自然」によって成り立つものであるよりも、より多くホモソーシャルな制度によって成り立つものであることを暴くことになっている。『明暗』の構図は、この点に関してある種の批評性を持ち得る。
(13)『行人』の作中時間は「明治四十二年以降の明治「四十何年」」(須田喜代次「『行人』論(1)――新

時代と「長野家」——」『大妻国文』第20号、一九八九・三、のちに前出『夏目漱石　反転するテクスト』に再録）である。

第四章　自我と性的な他者

（1）漱石自身が、小宮豊隆宛書簡（明治四十四年二月十七日）の中で『お目出たき人』に言及していることはよく知られている。「武者小路から御目出度人と云ふのを送つてくれた。恋の進行を明らさまに書いたものである。今の作家の恋を打ち明けたの《ママ》ものは大概世にすれからした万事を心得顔（ことに女性を）の主人公か又は堕落生と同程度の徳義心を持つた主人公である。然るに是は若い、女を知らない、相当の考のある、純粋な人の恋を其儘書いたものである其所に価価《ママ》がある、君読んで見ないか、森田の見た様に無暗にがらないから好い」。漱石は、森田草平の『煤烟』あたりと批判的に対比させながら『お目出たき人』の美点を数え上げているのである。のちに述べるように、漱石は武者小路の意図をほぼ正確に理解している。その上で、漱石が「女」を知ったような顔をして書く小説を嫌い、「女を知らない」ことに特に注目している点や、これを「恋」と呼んでいる点には、注意しておく必要があるだろう。『彼岸過迄』は『お目出たき人』を意識して書かれているように思う。

（2）たとえば、「はじめに」で触れた岩野清「個人主義と家庭」に「自我の発展」とあり、漱石の『野分』（明治四十年一月）にも「自我を思ひの儘に発展し」とある。もっと本格的には、野村隈畔『自我批判の哲学』（大同館書店、大正八年四月）に「自我の発展」という章がある。当時、自我もいわば進化論的に「発展」するものとして捉えられていたのである。

（3）「近代的自我」という視座から近代文学を論じた比較的早い時期の書物の一つに矢崎彈『近代的自我の日本的形成』（鎌倉書房、昭和十八年七月）があるが、発行年からもわかるように、「国民的自覚」を説くものである。近代的自我が個人の理想として確立するのは戦後の近代文学研究においてであろう。

（4）この時代、「非我」は「他者」を意味するわけではない。概念から言えば、自我というらっきょうの皮のようなものである。

（5）川村邦光は、「文明開化期のセクソロジー〝造化機論〟の影響によって、マスターベーションの「害悪」が青年層を中心に〝性の悩み〟として定着していた」と言う（『セクシュアリティの近代』講談社選書メチエ、一九九六・九）。「手淫」有害論は男女を問わず、一般に広がっていたというのが実情である。

（6）三四郎が故郷の九州に残してきた三輪田のお光は、彼の許嫁的存在で、実際三四郎の上京中に、お光の母から結婚の申し込みがある。三四郎は、この女性と自分との関係を美禰子に投影させているふしもある。

（7）千種・キムラ・スティーブンは、名古屋での「同衾事件」は、女の誘惑などではなく、女との同室を断らないばかりか、宿帳に夫婦であるかのように記帳してしまう三四郎が招いたものだと論じている（『『三四郎』の世界　漱石を読む』翰林書房、一九九五・六）。

（8）代助は、平岡夫婦の不和について、「彼は此結果の一部分を三千代の病気に帰した。さうして、肉体上の関係が、夫の精神に反響を与へたものと断定した」と考えている。

（9）「淋しい人間」『ユリイカ』一九七七・一一。

（10）前出「淋しい人間」。

（11）「〈告白〉を微分する　明治四〇年代における異性愛と同性愛と同性社会性のジェンダー構成」『現代思想』一九九九・一。

（12）「先生」は自決したときに三十歳代の後半だと推定できるが、当時はこれで十分「中年」であった。『蒲団』の竹中時雄は三十六歳で、自分は「中年」だという自覚を持っている。

（13）山崎正和は、先に挙げた論文で、『門』の宗助は自分の犯した罪に見合わないほどの過剰な自己処罰を自己に課すことによって、かろうじて自我を保っているのだと論じている。

(14) 明治期はまとまった自我論は刊行されていない。大正期に入ってからは、紀平正美『自我論』(大同館書店、大正五年十一月)、野村隈畔『自我批判の哲学』(前出)、同『自我の研究』(京文社、大正十一年五月)、同『自我を超えて』(同前、大正十一年六月)など、専門的な研究書が刊行されるようになる。

(15) 『〈こっくりさん〉と〈千里眼〉日本近代と心霊学』(講談社選書メチエ、一九九四・八)に詳しい。なお、『行人』とスピリチュアリズムとの関係については、このほかに「一郎とスピリチュアリズム—『行人』一面——」(『名古屋近代文学研究』第十号、一九九二・一二)、「〈科学〉の行方——漱石と心霊学をめぐって——」(『季刊文学』一九九三・七)に詳しい。

第五章　神経衰弱の男たち

(1) 山口昌男『知の遠近法』岩波書店、一九七八・四。

(2) 「脳」の特権化については、川村邦光「脳病の神話——〝脳化〟社会の来歴——」(『日本文学』一九九六・一一)、一柳廣孝「特権化される「神経」——「それから」一面」(『漱石研究』第10号、一九九八・五)に詳しい。また、岩井洋『記憶術のススメ　近代日本と立身出世』(青弓社、一九九七・二)も「脳」の「発見」について述べている。岩井は、タイトルにあるように「記憶術」に焦点を当てて論じているが、なるほどこのすぐ後に名前を挙げる『頭脳衛生』でも、まず「記憶」について解説しているのである。

(3) 「ボディービルダーたちの帝国主義——漱石と世紀転換期ヨーロッパの身体文化」『漱石研究』第5号、一九九五・一一。

(4) 一度目は、上京した平岡と三千代の夫婦が東京で新居を構えたその晩。二度目は、佐川の娘と見合いをしたその晩。三度目は、三千代に「紙の指輪」だと言って平岡に秘密のお金を渡したその晩。詳しくは、拙著『反転する漱石』を参照されたい。

(5) 水田宗子は、代助は女性ジェンダー化していると発言している(「ジェンダー化する代助」『漱石研究』第10号、一九九八・五、のちに『漱石を語る2』翰林書房、一九九八・一二、に再録)。

(6) 本田和子『女学生の系譜 彩色される明治』青土社、一九九〇・七。

(7) 笠原嘉『精神科医のノート』みすず書房、一九七六・九。

第六章　セクシュアリティーが変容した時代

(1) 明治四十一年三月に起きた「変質者」による強姦殺人事件。女湯覗きの常習犯で、出っ歯の池田亀太郎という人物が、銭湯帰りの女性を襲ったもの。羽太鋭治、澤田順次郎著『変態性慾論』(春陽堂、大正四年六月)では、「先天性色情狂」のうち「痴愚」の項目に「女湯及び便所覗き」の実例として挙げられている。自然主義は揶揄的に出歯亀主義と呼ばれることもあった。それが当時の自然主義をめぐる視線の質なのである。

(2) 明治四十一年三月に、東京帝国大学英文学科を卒業した「文学士」森田草平と、日本女子大学家政学科を卒業した平塚明子《はるこ》(平塚らいてう)というエリートのカップルが起こした心中未遂事件。のちに森田草平が、この事件を『煤烟』(明治四十二年)という小説に書いたために「『煤烟』事件」と呼ばれるが、当時からすでにセンセーショナルに報道された。たとえば『東京朝日新聞』は「自然主義、性欲満足主義の最高潮を代表する珍聞」(明治四十一年三月二十五日)と報じている。ここにも、当時の自然主義をめぐる言説の特質がよく表れている。

(3) 自然主義と「性欲」との関係については、川村邦光『セクシュアリティの近代』(前出)、小田亮『性』(三省堂、一九九五・一)に多くを学んだ。

(4) 古川誠「セクシュアリティの変容：近代日本の同性愛をめぐる三つのコード」(『日米女性ジャーナル』

17、一九九四・一二）、小森陽一「表象としての男色――『ヰタ・セクスアリス』の〝性〟意識」、『講座森鷗外　第二巻鷗外の作品』（新曜社、一九九七・五）などによる。

（5）「『ヰタ・セクスアリス』と男色の問題系――ジェンダーとセクシュアリティの結節点に向けて――」『日本文学』一九九八・一一、のち『精神分析以前　無意識の日本近代文学』翰林書房、二〇〇九・一一。

（6）前出『性』。

（7）『近代の感情革命　作家論集』新潮社、一九八七・六。

（8）前出「ジェンダー化する代助」。

（9）「～らしく」が『明暗』に頻出することについては、橋川俊樹「『明暗』――富裕と貧困の構図――」（『稿本近代文学』第七集、一九八四・七）にすでに指摘がある。「～らしく」モラルが大正期に形成されたことについては「『らしく』モラルの形成」（前出『大正文化』）に詳しい。

（10）『現代大都市論』有斐閣、昭和十五年九月。

（11）たとえば、平間力之助『良妻物語　内助の力』（尚栄堂、大正七年十一月）には、夫を立身出世させるために「婚後四年間孤閨を守る」話などが取り上げられている。「房事過度」の逆を行えば、男は健康に働けるものだと考えられていたのである。この例は、女性の性が否定的に捉えられていたことを、逆に証している。

（12）「見合いか恋愛か　夏目漱石『行人』論　上、下」『批評空間』1、2、一九九一・四、一九九一・七、のち『日本語で読むということ』筑摩書房、二〇〇九・四。

（13）吉本隆明は「須永のなかにはもうすこしつきつめた妄想があります。一般的に女性というのは、異性というものを特定できないのではないかという考え方が須永のなかにあります。（中略）女性はどの男性を好きだというふうなことを、ほんとうにつきつめていけば、ひとりの男性を特定することはできないのではないか」と述べている（『白熱化した言葉』思潮社、一九八六・六）。

(14) 小倉清三郎「性的生活と婦人問題」（『青鞜』大正三年十二月）は、「女が同時に二人の男を、愛するといふことは罪悪であるか無いかと云ふことは、無条件には決められない、男と女との間の約束の結びつきによつて、それは罪悪ともなり、そうでなくも成るのである」と、女性の意志も尊重する意見を述べている。だが、男性については基本的にこういう議論自体が起きないのである。

(15)『男であることの困難　恋愛・日本・ジェンダー』新曜社、一九九七・一〇。

(16) 前出『性』。

終章　若者たちの東京

(1) 前出「山の手の変貌――東京の点描――」。

(2) 加太こうじ『東京の原像』（講談社現代新書、一九八〇・一二）による。この方が、実際の下町の感覚には合っているだろう。漱石の時代とは感覚的にずれるところがあるし、下町、山の手ともに狭く限定しすぎている感もあるが、浅草生まれの加太による「下町・山手の区分け」を引用しておく。「関東の大震災前、すなわち、東京の下町と山手の気質がはっきりかたち作られた頃の、下町とはどの地域か、山手とはどこからどこまでかということを、一応明らかにしておこう。／下町とは今の中央区、京橋あたりをのぞいた日本橋を中心とする一帯、千代田区の神田の高台になっている部分をのぞいた一帯、台東区の上野公園とそれに連なる文京区などの高台や不忍池《しのばずのいけ》のあたりをのぞき、さらに、吉原をふくめて山谷、三ノ輪に至る一帯をのぞいたところ。江東区では隅田川ぞいのほんのわずかな地域、深川富岡八幡のあたりや両国橋を渡って今の日大講堂、かつての国技館あたりまでと、本所駒形のあたりが下町なのである。江東方面では現在のみどり一丁目とか、押上とか、向島とかは下町のうちにはいらない。台東区でも入谷から先の三ノ輪や根岸は下町ではなかった。根岸は呉竹《くれ》の根岸の里といわれて、明治末ごろまでは文人墨客が多く居住する郊外だった。上野不忍池の向う側、文京区に近い茅町なども同じである。文京区でも天神下とか同朋町あたりは下町のうちだった。神田は駿河台下から浅草橋近くまでが下町。中央区は日本銀行のあるあたりは下町でなく三越のある室町あたりから隅田川へかけてが下町で、佃島は漁師町として別扱いされていた。佃島に下町からの居住者がふえたのは関東の大震災後である。月島も人工の島であって下町ではない。／そういう、ほんのわずかの、せまい地域が下町だった。／低い屋並みの小商店や仕舞屋、そして長屋がある下町は、山手に比すると緑が少なかった。それに対して、塀と門とのあるところ、亭亭たる樹木があるところで台地の上が山手である。山手は台東区にはない。上野の山は高台でも寺の境内だったり、公園だったり、それにつづく谷中などの一帯は郊外だった。文京区は前田侯の屋敷、すなわち現東大から神田よりの高台が山手である。文京区に合併されたが旧小石川区は全部が山手。千代田区は高台と江戸城の外濠にそったあたりが山手にはいる。中央区も同じである。港区は芝の増上寺あたりから三田、白金までが山手である。旧赤坂区、旧麻布区全体も山手にふくまれる。／東京市の外側の山手とそうでないところの境界は、文京区は東大、本郷肴町を結ぶあたりまでで、それから先の駒込は山手ではない。小石川方面は音羽の護国寺のあたりまでで、巣鴨や大塚は郊外である。江戸川橋から上の早稲田や鶴巻町、関口町も山手ではない。なにしろ明治末頃までが山手で、それから先は新宿の宿場街にはいる。また、今の新宿区弁天町あたりまでは山手で、今では、そのあたりは蛍狩りの名所だったくらいで閑散たるものだった。新宿に近いほうは四谷の大木戸までもそうだが寺が多い。渋谷方面は青山までが山手だった。渋谷はもちろん郊外で丘と雑木林が多かった。旧芝区（今の港区の一部）は全部が山手といってよいが、芝明神のあたりから芝浜へかけては下町に準じる地域だった。／品川は宿場で下町でも山手でもない。／下町と同じように、東京の山手というのも、また、せまい、ほんのわずかのかぎられた地域だった。そのせまい地域で下町、山手の異なる気質が形成されたのである。」

(3)『東京の空間人類学』筑摩書房、一九八五・四。
(4) 前出「山の手の変貌——東京の点描——」。
(5) 後に引くように『それから』にも「東京市の貧弱なる膨張」という言い方が出てくるが、三宅磐『都市の研究』(実業之日本社、明治四十一年十月)には「都市の膨張と其の趨向」という章が設けられていて、「都市の膨張」について批判的に論じている。都市論においても「膨張」という言い方が用いられていたのである。さらに、『読売新聞』(明治三十九年十月十六日)には「東京市の不規則なる膨張」という郊外に関する記事が掲載されている。その記事によると、日露戦後に、「殊に電車の延長は市民の郊外生活を奨励し」たことによって、東京市が「不規則に膨張」「無制限に膨張」し始め、「軍人、銀行会社員等の住宅の建築」が盛んになったが、それらが「頗る不規律に建てらるゝは市の将来の為めに甚だ不利益」だと、これを「看過」する「政府の失策」を批判している。当時の郊外に対する見方をよく表す記事である。
(6)『明治大正逸聞史2』平凡社、一九六九・七。
(7)『都市空間のなかの文学』筑摩書房、一九八二・一二。
(8) 前田愛『幻景の街——文学の都市を歩く』小学館、一九八六・一一。
(9) 杉田智美「『三四郎』遡行——〈もうひとりの青年〉——」(『漱石研究』第10号、一九九八・五)は、「選科生」にしかなれなかった与次郎の悲哀を論じている。
(10) 前出『都市空間のなかの文学』。
(11) 武田勝彦『漱石の東京』早稲田大学出版部、一九九七・五。
(12) 前出『幻景の街——文学の都市を歩く』。
(13) 前出『都市空間のなかの文学』。
(14) 大野淳一編『漱石文学地図』岩波書店、一九九四・四。

（15）「漱石を書く——漱石を読む——」（『漱石研究』第2号、一九九四・五）における島田雅彦の発言。
（16）「「青春の研究」序説」『へるめす』36、一九九二・三。
（17）『思想としての東京——近代文学史論ノート』国文社、一九七八・一〇。
（18）『近代読者の成立』有精堂、一九七三・一一。
（19）敬太郎のこのような関心のあり方については、安藤恭子「「東京朝日新聞」からみた『彼岸過迄』「南洋探検」と「煤烟」と」、押野武志「〈浪漫趣味〉の地平『彼岸過迄』の共同性」（いずれも『漱石研究』第11号、一九九八・一〇）に詳しい。
（20）深津謙一郎「『門』——「山の手の奥」の心象地理——」『明治大学日本文学』第26号、一九九八・六。

【付記】　漱石のテクストは『漱石文学全集』（集英社）の縮刷版による。

文庫版あとがき

少し不思議な「漱石入門」ができあがった。

ふつう「漱石入門」と言えば、漱石文学をあまり読んではいないか、読んではいても深くは理解していない（失礼！）読者を想定して書かれるものだ。しかし、この本はそうではない。漱石文学をこれから読む人にも、もうかなり読み込んだ人にも興味深く読めるようにできあがっていると思う。

この本はもともと『漱石の記号学』と題して講談社選書メチエから一九九九年四月に刊行されたが、その時は私自身が背伸びをして書いたから、専門書的な趣が強く出ていた。専門書は安くても五千円はするが、ほぼ同じレベルの本が講談社選書メチエなら千数百円で買えるから、その頃は「専門書のダンピング」などと言われていた。それを聞きかじって気張って書いたのだった。それが、いまはかえって「漱石入門」として有効だと思っている。

漱石は、作家生活のほぼすべての時期を「朝日新聞」の専属作家として過ごした。当時の「朝日新聞」はマーケットを下町の商人階層から山の手のエリート階層にシフトチェンジした時期で、まさにその山の手エリートのための新聞という旗印として、東京帝国大学講師だった夏目漱石に白羽の矢を立てたのだった。だから、漱石は自分の役割に忠実に、山の手のエリート階層のために山の手のエリート階層を書き続けた。

その結果、「朝日新聞」入社後の漱石は、「山の手の家族小説」だけを書いた。それは山の手に育ち、教師以外の職業は知らない人生経験に貧しい漱石にとってリアリティーの持てる唯一のテーマだっただろうし、漱石が高く評価していたイギリスの女性作家ジェーン・オースティンのテーマでもあったから、「朝日新聞」の専属作家として仕事をすることは、漱石にとって願ってもない条件だったかもしれない。

いま明治・大正期の「山の手の家族小説」を読むためには、いくつかの前提になる知識と、それを意味づけていた当時の思想的な背景を知る必要がある。細かく考えれば限りはないが、大まかには六つあればいいというのが私の考えたことだった。それで、第一部には「家族」に関するテーマを三つ並べ、第二部には「個人と他者」に関するテーマを三つ並べた。そして、序章では漱石が小説というジャンルをどう考えていたのかを論じて、終章では東京とそこで生きる若者たちについて論じた。この序章と終章はやや難しさが残っているから、最後に読んでもらえればいいと思っている。

ただ、文章がなんとも硬かった。そこで少しも大げさではなく、「漱石入門」として通用するように、全ページ真っ赤になるくらい朱を入れた。いま国語国文学科の導入教育として大学一年生の「日本文学基礎演習（近代文学）」を担当している。これはもっとも重要な科目で、大学生としての発想の基本と文章の基本をしっかり身につけてもらうのだが、そこで「こういう書き方はダメだよ」と教えている「ダメな書き方」の典型で、私自身が採点したらマイナス一万点ぐらいになるだろう。「学生諸君、ごめんなさい」と心の中で呟きながら朱を入れたものだ。

四十代半ばだった当時、「かっこいいでしょう」と密かに思いながら使っていた用語なども古くなったので、ほぼすべてほかの言葉に置き換えた。そもそもタイトルの「記号学」がいまではもう一般的ではない。「漱石の記号学」では漱石の文学理論だけを論じているような印象を与えるだろう。この本を出したときに、尊敬する年配の研究者に「こういうタイトルは古くなるよ」といわれたのが身にしみた。

ただ教師として言えば、若者が「かっこいいだろう、よく知っているだろう」といま風の言葉を使っているのを責めたりはしない。若者から虚栄心を取り去ったらいったい何が残るのだろう。若者の虚栄心は、彼らが何かを学ぼうとする原動力そのものである。だから、私はそういう若者を「まだ口唇期なんだなあ」、つまり「難しい言葉を口にする喜びを感じる時期なんだなあ」と見守るようにする。いま風の言葉を使っただけで拒絶反応を示す教師も少なくはないが、いったい教育するということがどういうことかわかっているのだろうかと、不思議な気持ちになる。

そんなわけで、この本は漱石文学以前の人にも、漱石文学以後の人にも楽しんでもらえるのではないかと思う。もちろん、漱石文学まっただ中の人にも。漱石文学を離れて、明治・大正期の家族や個人と他者について考えたい人にも役立つのではないかと自負している。

一度瀕死の状態に陥った本に新たな命を吹き込んでくれたのは、河出ブックス編集長の藤﨑寛之さんである。藤﨑さんとはもうずいぶん長いお付き合いになるが、「漱石入門で」という言葉がなかったら、自分の文章にこれほど思い切った朱は入れられなかっただろう。それはこの本にとってもよかった。藤﨑寛之さんには心からお礼申し上げたい。

藤﨑さんとも相談して、装幀は戸田ツトムさんにお願いした。戸田さんには、私のはじめての本『反転する漱石』（青土社）を装幀してもらっている。だから、とても嬉しい。シンプルすぎて素人には絶対思いつかないデザインがすごい。

二〇一六年八月

石原千秋

本書は、『漱石の記号学』（講談社選書メチエ、一九九九年四月刊）を大幅に加筆の上、改題したものです。

漱石入門《そうせきにゅうもん》

二〇一六年 九 月一〇日 初版印刷
二〇一六年 九 月二〇日 初版発行

著 者 石原《いしはら》千秋《ちあき》

発行者 小野寺優
発行所 株式会社河出書房新社
〒一五一－〇〇五一
東京都渋谷区千駄ヶ谷二－三二－二
電話〇三－三四〇四－八六一一（編集）
〇三－三四〇四－一二〇一（営業）
http://www.kawade.co.jp/

ロゴ・表紙デザイン 粟津潔
本文フォーマット 佐々木暁
本文組版 KAWADE DTP WORKS
印刷・製本 中央精版印刷株式会社

Printed in Japan ISBN978-4-309-41477-5

笙野頼子三冠小説集

笙野頼子　40829-3

野間文芸新人賞受賞作「なにもしてない」、三島賞受賞作「二百回忌」、芥川賞受賞作「タイムスリップ・コンビナート」を収録。その「記録」を超え、限りなく変容する作家の「栄光」の軌跡。

須賀敦子全集 第1巻

須賀敦子　42051-6

須賀文学の魅力を余すところなく伝え、単行本未収録作品や未発表・新発見資料満載の全集全八巻の文庫版第一弾。デビュー作「ミラノ　霧の風景」、「コルシア書店の仲間たち」、単行本未収録「旅のあいまに」所収。

少年アリス

長野まゆみ　40338-0

兄に借りた色鉛筆を教室に忘れてきた蜜蜂は、友人のアリスと共に、夜の学校に忍び込む。誰もいないはずの理科室で不思議な授業を覗き見た彼は教師に獲えられてしまう……。第二十五回文藝賞受賞のメルヘン。

風のかたみ

福永武彦　41388-4

叔母の忘れ形見の姫を恋い慕う若者。蔵人の少将に惹かれる姫。若者を好う笛師の娘。都を跋扈する盗賊。法術を操る陰陽師。綾なす恋の行方は……今昔物語に材を得た王朝ロマンの名作。

大不況には本を読む

橋本治　41379-2

明治維新を成功させ、一億総中流を実現させた日本近代の150年は、もはや過去となった。いま日本人はいかにして生きていくべきか。その答えを探すため、貧しても鈍する前に、本を読む。

十蘭ラスト傑作選

久生十蘭　41226-9

好評の久生十蘭短篇傑作選、今回の7冊目で完結です。「風流旅情記」など傑作8篇。帯推薦文は、米澤穂信氏→「透徹した知、乾いた浪漫、そして時には抑えきれぬ筆。十蘭が好きだ。」

著訳者名の後の数字はISBNコードです。頭に「978-4-309」を付け、お近くの書店にてご注文下さい。